Guayacanal

Guayacanal

WILLIAM OSPINA

LITERATURA RANDOM HOUSE

Primera edición: octubre de 2019

© William Ospina
c/o Guillermo Schavelzon & Asoc., Agencia Literaria
www.schavelzon.com
© 2019, de la presente edición en castellano para todo el mundo:
Penguin Random House Grupo Editorial, S. A. S.
Cra. 5A No 34A-09, Bogotá – Colombia
PBX: (57-1) 743-0700
© 2019, Penguin Random House Grupo Editorial USA, LLC.
8950 SW 74th Court, Suite 2010
Miami, FL 33156

www.megustaleerenespanol.com

Diseño de cubierta: Patricia Martínez Linares / Penguin Random House Grupo Editorial
Fotografía de cubierta: © Archivo personal Fotografías: Adiela Villegas de Ruiz
Margarita Cifuentes de Buitrago
Cecilia Villegas

ISBN: 978-1-644730-95-9

Impreso en Estados Unidos – *Printed in USA*

Penguin
Random House
Grupo Editorial

1

La tarde en que volvimos de la selva de Florencia fue una sorpresa descubrir que esas montañas del oriente de Caldas todavía hoy son un inmenso manantial. La carretera que va de Samaná a Marquetalia está llena de pasos difíciles: hay cascadas, arroyos, chorros de agua que brotan de los barrancos, el agua es tanta que rompe el pavimento y ablanda la tierra. Por entre ese sonido de cascadas viajamos hacia el sur; en ciertos pasos tuvimos que bajarnos del automóvil para que el chasís no se rompiera contra las piedras, y yo pensaba en mis bisabuelos, que hicieron a lomo de mula ese mismo trayecto hace ciento treinta años, cruzando tierras casi impenetrables, guaduales inmensos por donde había que abrirse camino con hachas y machetes, cuando toda la cordillera Central era una sola selva, y la selva de Florencia era en realidad la selva de Colombia.

El país ha cambiado mucho en este siglo largo, y por eso es tan raro sentir que ciertos tramos del camino están intactos. Verlos me ayuda a entender los trabajos de esos bisabuelos que no alcancé a conocer, de quienes solo sé lo que dijeron sus hijos y sus nietos.

"Por aquí pasaron ellos", le dije a Mario, que fue el que más insistió en que hiciéramos ese camino. "Lo importante es que después de visitar la selva de Florencia volvamos por la ruta de Samaná a Marquetalia, hasta Manzanares y Petaqueros", me propuso días antes por teléfono desde su casa de Ginebra, en el Valle del Cauca.

Mario estaba vivo de milagro: a mediados de diciembre un síncope lo derribó junto a la ventana donde mira a los pájaros carpinteros hacer sus nidos en los troncos secos de las palmas, y cuando Darío y Calveto lo recogieron pensaron que estaba muerto, en la oscuridad antes del amanecer. Pasó dos semanas en el hospital de Palmira, mientras se indagaba si la causa del síncope era un episodio cerebral irreversible.

"La luz está más débil", le dijo en la clínica del Valle del Lili Pastor Olaya, su cardiólogo, y no se refería al atardecer, que ya se borraba tras los farallones de Cali, sino al espesor de sus arterias. Eso había sido varios años antes del síncope, y cuando llegué a visitarlo el 24 de diciembre, su cumpleaños, advertido por Darío de la gravedad de la situación, lo vi de tal manera postrado por la fatiga y por la angustia, que temí que la luz se iba apagando.

Pero algo fuerte vino en su ayuda. Después de unos días tensos, los exámenes revelaron que no había ningún episodio cerebral: el síncope se debió a una crisis de azúcar. En pocos días empezó a recuperarse, y eso en el caso de Mario se mide por excesos. Si siente un poco de fuerza gasta el doble, si le prohíben las harinas empieza a sentir un deseo irresistible, si le recomiendan estar quieto no para de alimentar a los perros, que tienen cada uno su nombre y sus costumbres, a los gatos, que cumplen cada uno una función precisa en el mundo, a las gallinas, que están llenas de rituales y reverencias, a la gallineta, que oficia en los prados como una divinidad extranjera, y al pato recién nacido, que apareció un día como extraviado de su bandada verde y al cabo de un mes no solo estaba más grande que los gatos que lo acechaban al llegar, sino que había tomado posesión de la piscina, donde se comportaba como amo absoluto.

Y si le recomiendan estar sereno habla el día entero con medio país: con los muchachos del Catatumbo, que están sobreviviendo a todas las violencias, con los de Medellín, que discuten de filosofía y de política en las barriadas turbulentas, con Iván en Samaná, para enterarse de las actividades en la selva, con Fernando Tobón, que trabaja con los campesinos del Cocora y del volcán Machín, con los de Tumaco, con los de Buenaventura, con los de El Doncello, con María Elvira, que hoy está en Buenos Aires, mañana en La Habana y pasado mañana en Berlín, con Franco Vincenti, que está mediando en los conflictos de Nicaragua en nombre del Vaticano, y por supuesto conmigo, porque no solo tenemos línea directa entre el cañón de las Hermosas, a cuyos pies está la casa de Ginebra, y mi apartamento en la sabana, sino un debate permanente sobre todos los temas, incluida la actualidad de este país que tanto se le parece, que sin dejar de ser el mismo cada día cambia como el clima, que hoy agoniza y mañana se ilusiona, igual a ese personaje del Tuerto López que dice hace cien años:

Por la mañana tengo hipocondría
y por la noche bailo el rigodón.

Cuando Mario me propuso esa ruta, le dije otra vez que para mí era inútil intentar ir a Manzanares. "Ya te lo he dicho: llevo medio siglo tratando de ir a Manzanares y el plan siempre fracasa. Esta vez tampoco se podrá, algo va a pasar que lo impida".

Era verdad. Manzanares queda a media hora de Guayacanal, la tierra de mis bisabuelos; todos en la familia no solo estuvieron allí cientos de veces, sino que hasta a pie iban desde la otra vertiente del río Guarinó. Cuántas veces no oí de niño a mi padre, a mi abuelo, a mis tíos, hablando del viaje a Manzanares: iban y venían sin tregua. Yo, en cambio, nunca pude. La primera vez el río se había llevado el puente, la segunda vez era un derrumbe en los pasos altos de la cordillera, la tercera, tengo el recuerdo nítido, íbamos a caballo, por alguna razón los mayores pararon a comer en una fonda y se encontraron con gentes que venían de otra parte, jinetes del otro lado del río, la reunión se alargó, cuando menos pensé estaban dando la orden de regresar, y el viaje a Manzanares se había frustrado de nuevo.

Pasaron los años. A nosotros la violencia nos alejaba de esos lugares en el norte del Tolima, a Manizales, a Pereira, a Cali, y nos devolvía cíclicamente a sus campanas y sus nieblas, hasta que al fin volvimos para quedarnos. Pasé mi adolescencia en Fresno y un día tuve una novia de Manzanares, prima de una muchacha de la que estaba enamorado en silencio y que me había dado todas las muestras posibles de rechazo. No sé si la prima me gustaba, pero mi hermano se había ennoviado con su hermana mayor y yo decidí desquitarme en secreto de mi amor frustrado pretendiendo a la menor. Eran de Manzanares las hermanitas, y a los pocos días se fueron de nuevo, llevando la promesa escrita de que iríamos a visitarlas. Como era previsible, no fuimos nunca.

Un día le pedí a mi principal y en realidad único cómplice, Édgar Castaño, que me acompañara porque quería conocer Manzanares. Ya tenía dieciséis años, la muchacha estaba casi olvidada, pero la espina de aquel pueblo escondido al otro lado del cañón, que parecía abierto para toda mi familia pero cerrado para mí, me desafiaba. Édgar venía de esas tierras, de Samaná, tal vez. Conocía la carretera, conocía los pueblos de Caldas, sabía tantas cosas que yo no me cansaba de escucharlo, recuerdo que era terriblemente tímido y gracias a eso tenazmente ingenioso, de modo que se estaba convirtiendo en un humorista, para desarmar con risas, así lo veía yo, el peligro que los otros representaban para él.

No he olvidado la mañana en que Édgar y yo emprendimos el viaje, pero ya no recuerdo si en bus o en automóvil. Solo sé que le dije en mi entusiasmo, cuando ya habíamos pasado la estación de servicio de Petaqueros, que hiciéramos un alto para mostrarle la tierra de mis abuelos, las fincas en esas pendientes vertiginosas.

Ver el cañón del Guarinó siempre fue el mejor espectáculo de mi adolescencia. Sentía que si alguna vez llegaba a saber cómo empezó todo en esas montañas, me entendería mejor a mí mismo. Pero esa inmensidad casi siempre estaba cubierta de niebla o ensombrecida por las nubes bajas. Aquella vez la tarde estaba hermosa, el sol bañaba de una manera desconocida para mí las hondonadas, hasta la última línea del río; me embriagué de memorias de infancia y le conté tantas cosas de mi familia que cuando menos pensamos ya era tan tarde que proseguir el viaje a Manzanares, sin tener previsto dónde íbamos a quedarnos, habría sido una locura. El propio Édgar no quería seguir: habíamos prometido a nuestras familias volver el mismo día.

Claro que a los dieciséis años yo todavía no pensaba que hubiera alguna trama fatal que me impedía llegar a aquel pueblo: el viaje simplemente podía esperar, alguna vez iríamos. Pero el ala de la vida se llevó a Fresno, y a Édgar, como se había llevado a mis abuelos y a las novias; hasta el recuerdo de Manzanares y de los viajes frustrados estaba perdido en la niebla cuando a mis cuarenta años una mancha de sangre me llevó a consultar al urólogo, y diez días después estaba entrando a un quirófano en Cali. Tenían que quitarme el riñón izquierdo con toda urgencia, porque un tumor maligno estaba encapsulado en él. Era la Navidad de 1994, y aunque yo traté de minimizar la situación mintiéndole a mi madre que era una operación sin importancia, mis padres viajaron a Cali y se instalaron tres meses allí para cuidar mi recuperación.

Volví con ellos a Fresno en abril. Yo prácticamente había resucitado, y el día del cumpleaños de mi madre, Ariel, mi primo, que es también mi cuñado, me propuso ir a Manzanares. "Nunca he podido llegar allí", le contesté, "pero puedo intentarlo una vez más". Ariel quería ir porque era la tierra de nuestros padres, él mismo había pasado allí parte de su infancia. Mi padre y mi hermano Juan Carlos se animaron a acompañarnos, en la bodega de la camioneta ya estaban las guitarras, Nubia y mi madre no fueron al paseo, pues tenían que prepararse para la fiesta. Nosotros prometimos volver al caer la noche para festejar el cumpleaños, y salimos rumbo al Guarinó.

Yo no podía creerlo: pasadas las tierras de los abuelos, llegamos a la parte más estrecha del cañón y al puente que une al Tolima con Caldas, entre guaduales bellísimos, contemplamos desde las barandas el río de aguas claras aborrascado abajo entre peñascos, y remontamos la pendiente. Ya empezaba a creer que el camino estaba libre cuando apareció un camión atascado en los altos de la carretera, ante un deslizamiento de tierra. "Podemos pasar", dijo Ariel, "la vía no está bloqueada del todo". "Sí", dijo mi padre, "pero está comenzando a llover. Aunque el paso esté abierto, lo más probable es que tengamos dificultades al regreso. Tenemos un compromiso esta noche y no podemos correr el riesgo de quedar atrapados al otro lado del derrumbe".

Ariel propuso que al menos subiéramos a Aguabonita, una línea de casas altísima que mira al cañón, donde vivieron mis padres después de casarse y donde nació mi hermana mayor: entonces comprendí que una vez más el viaje a Manzanares se había frustrado.

Aguabonita era un pueblo fantasma. En la niebla, todas las casas de la única calle estaban cerradas, y al entrar encontramos una tienda diminuta donde un diminuto tendero recibió a mi padre con inmensa alegría. La tienda era tan pequeña que puso las sillas en la calle: allí nos instaló, trajo aguardiente, Ariel y mi padre sacaron las guitarras, y comenzaron las canciones.

Y allí fuimos testigos de un milagro porque, a medida que cantaban, las ventanas del pueblo se fueron abriendo, por las puertas iban saliendo sombras que parecían venir del pasado, y pronto una pequeña multitud se amontonaba para oírlos cantar; recordaban a mi padre de muchos años antes, hablaban de los abuelos, reconocían las canciones, las celebraban. No sé cuánto tiempo pasó: la música y el canto hacen cruzar otros tiempos y otros recuerdos, solo sé que cuando las canciones acabaron pareció esfumarse el tumulto, las sombras regresaron a sus casas, se cerraron las puertas y el pueblo entero volvió a estar quieto y borroso como al comienzo.

En Londres, cuatro años después, le conté al embajador de Colombia, Humberto de la Calle, esa historia. Me habían invitado a dar una conferencia en The London School of Economics sobre Colombia y sus encrucijadas, y Humberto me había acogido con afecto en la residencia de la embajada. Siendo él de Manzanares, me pareció que le interesaría ese relato de mis muchos viajes frustrados a su pueblo natal. Al día siguiente hizo la introducción de mi conferencia, y les contó a los estudiantes ese hecho extraño. "A William", dijo, "le ha resultado más fácil llegar a Londres que visitar un pueblo situado a una hora del lugar donde nació". El hecho parecía tener que ver en secreto con el tema de Colombia y sus encrucijadas, pero con algo más: con esas paradojas del destino que hacen que mi pequeña anécdota se parezca a historias muy antiguas donde para alguien están abiertas todas las puertas, menos la más cercana, o están permitidos todos los senderos salvo el que lleva a sus vecinos, o a esas parábolas de Kafka donde alguien comprueba que hay un camino abierto para todos los seres humanos, menos para él.

Lo cierto es que empecé a convencerme de que ir a Manzanares era imposible para mí, y hasta agravé el asunto presumiendo que si el camino se cerraba de un modo tan persistente era porque no me convenía: algo malo iba a ocurrirme si lo intentaba. Por eso, cuando Mario me propuso que pasáramos por Manzanares, lo primero que dije es que no iba a ser posible, pero al final se me atravesó una idea salvadora. Tal vez no podía ir a Manzanares por este camino, pero ¿y si lo intentaba por el camino contrario? No llegar a Manzanares desde el Tolima, sino dando un rodeo por el oriente de Caldas, por La Dorada, por Victoria, por Samaná: llegar a Manzanares como viniendo de Antioquia, en realidad como vinieron mis bisabuelos hace ciento treinta años, repitiendo el camino que ellos hicieron entre breñales y pasos de agua, entre los deslizamientos y los pedregales y los abismos, como si estuviéramos llegando por primera vez. Era una solución supersticiosa, pero me autorizaba a intentarlo. Además, Andrea y los niños estarían con nosotros, todo tendría el sabor de algo nuevo, y así comenzó el viaje.

2

Volviendo de la selva de Florencia, de árboles donde las hojas nuevas son blancas y parecen bandadas de pájaros, de cascadas de helechos de un verde tierno y otros que ascienden como tentáculos en espiral, de uvas moradas que brotan entre hojas carnosas como labios, de hojas vellosas perforadas por seres invisibles y voraces, de flores con forma de árboles amarillos y rojos, de frutos dorados que ningún pájaro quiere comer y que solo la lluvia recoge y dispersa, hay que cruzar un puente sobre la confluencia del río La Miel con el río Tasajos.

No parece posible que se encuentren dos caudales tan distintos: el uno agitado y fangoso, el otro alegre y rápido, de un verde transparente y casi azul. El mundo junta sus aguas pero los ríos se niegan a mezclarse, y me recordaron la confluencia del Solimões, que aquí llamamos Amazonas, con el río Negro, en la vecindad de Manaos. Claro que esos son ríos descomunales y estos son modestos cauces de agua que bajan atropellados por las montañas, pero el caso es idéntico: al comienzo no quieren ser un mismo río, se encuentran, bajan juntos, desconfiados, mezclándose apenas en la línea de contacto, formando dibujos de verde y de fango.

Cada río tiene su historia: unos pasaron por tierras que se están deshaciendo sin fin, cruzan por selvas arrasadas donde la tierra se desprende y oscurece las aguas, otros descienden entre selvas intactas, donde raíces vivas mantienen firme el suelo, y el agua salta por cavernas blancas sobre piedras enormes. Unos resbalan por pisos arcillosos, otros por cauces grises de mármol, traen despojos de selvas o color de metales. Allí le pedí a mi primo Óscar, que conducía el automóvil, que nos detuviéramos. Tomé desde el puente una fotografía del río de fango, otra del río verde transparente, y una tercera del encuentro entre ambos; me sentía testigo de mundos distintos que llevan siglos intentando su alianza.

Pero me pregunté si cuando mis bisabuelos pasaron por allí, los dos ríos tendrían el mismo color. No sabía de nadie que hubiera dejado el testimonio, y me dije que habría que buscar en el poema de Juan de Castellanos, que cantó piedra a piedra cómo era este país hace cinco siglos, casi antes del comienzo. En un lugar de esa montaña de versos, algún endecasílabo sabría decirme de qué color eran al principio los ríos de estas cordilleras. Los poetas se detienen en cosas que a muchos historiadores parecen no importarles: si ese día los caballos relincharon, si aquel hombre perdió la razón después de comerse un sapo hervido, cómo murieron envenenados los soldados a los que el capitán les sirvió un caimán descompuesto, cómo el jaguar acosado se resiste a retroceder dejando la presa en la playa porque puede más el hambre que el miedo, o cómo el centinela de un campamento en el llano adivinó en la noche que una multitud de indios los estaba cercando, no por algún sonido, pues los indios avanzaban e iban ocupando la llanura más silenciosos que la niebla, sino porque el caballo, mucho más alerta que el hombre, levantó varias veces las orejas. Días después llamé a Iván, a Samaná, para hablar de los ríos. "A veces vienen del mismo color", me dijo, "pero cuando hay tempestades arriba, el río La Miel baja turbio y furioso. El Tasajos siempre baja claro y transparente, aunque llueva".

Andrea y los niños salieron a mirar con asombro las aguas que no se mezclaban; después seguimos rumbo a Marquetalia. También de Marquetalia se hablaba en mi infancia, no con tanta frecuencia. Y hay en la cordillera dos sitios que tienen ese mismo nombre. "Yo sé bien que no es este el lugar donde se fundaron las Farc", le dije a Mario, "el otro está en el sur del Tolima, pero ambos se llaman así por la misma razón: estamos en la región de los marquetaes, que fueron panches de la cordillera, bagres de aguas arriba". Los mitos enseñan que los panches eran al comienzo peces bagres del río que salieron a poblar la llanura. "Y también Mariquita se llama así por ellos". La población grande y blanca debió ser al comienzo San Sebastián de Marquetá, en recuerdo del pueblo de indios bravos que habitó estas regiones y de sus flechas infalibles, pero los años y los españoles la fueron cambiando por San Sebastián de Mariquita, si no es que la distracción de un copista fijó el error para siempre en los mapas.

De niño yo miraba las montañas del otro lado del cañón del Guarinó y me parecía estar viendo un planeta vecino; lo más presente era lo más desconocido. Pero tras esa cara verde de la luna de enfrente había una cara oculta, y no sé con qué la poblaba mi fantasía: ahora la estaba conociendo.

Mario me pidió estar atento en la ruta a una señal que debía aparecer en cualquier momento. "La vereda se llama La Italia", me dijo, "y la señal es una cruz muy grande". Allí teníamos pensado detenernos para rendir homenaje a las víctimas de una de las peores masacres de la violencia del medio siglo.

Hace cinco años un hombre se me acercó en un encuentro en Calarcá y me confió el fruto de su largo trabajo: una lista minuciosa de todas las masacres cometidas en Colombia durante más de medio siglo. Mario y yo nos estremecimos recorriendo ese memorial aterrador: estaban los sitios, el número de víctimas y su filiación política, los autores, las fechas, los medios de comunicación en los que había salido la noticia. Lo primero que me sorprendió es que los lugares donde ocurrían tantos hechos atroces tuvieran nombres tan dulces: La Primavera, Naranjal, El Vergel, Los Cocuyos, Los Lulos, Miraflores, Piedra de Moler, El Yerbal, El Turpial (donde se repetían las masacres), Yacopí, Urama, Guásimos, Frazadas, Moral, Pajarito, o nombres llenos de confianza: La Belleza, El Silencio, Monteazul, Tortugas, Lozanías, Las Delicias, La Cristalina, La Estrella, Aguasal y Brillante, río Lejos, El Porvenir. Un día a solas dibujé un mapa de la república, fui trazando en él uno tras otro los sitios de aquellos hechos violentos, y pude seguir así el rastro de esa tempestad monstruosa que crecía e iba devorando el territorio.

Tan conmovedor como el destino de tantos muertos y de tantos dolientes es que un hombre hubiera dedicado su vida a rastrear todo eso y a elaborar un censo que ni siquiera las autoridades hicieron. Johnny Delgado Madroñero, un hombre inclinado en silencio sobre su mesa de trabajo, reuniendo periódicos y revistas gastados por los años, para impedir que esas cosas se olvidaran. Volví a pensar en Juan de Castellanos, que recogió en un poema casi infinito todos los hechos de la conquista de estas tierras durante el primer siglo de la invasión europea, sabiendo que nadie lo leería en España ni en América en ese tiempo, porque estaba seguro de que el porvenir necesitaría saber todo lo que sus contemporáneos ni siquiera querían mirar.

En los días previos a su colapso ante la ventana de los carpinteros, Mario había estado leyendo aquel libro, que el autor fatalmente tituló *Como el ave fénix*. En los días de su recuperación tuvo pesadillas terribles y se culpaba de estar soñando cosas atroces, temía que era de su alma de donde brotaban, pero aun así no podía impedirse seguir estudiando la violencia, buscando nuevos documentos sobre ella, y yo tenía el dudoso mérito de haberle añadido una colección de libros que el periodista Víctor Eduardo Prado editó en Ibagué sobre las guerras del Tolima, relatos valiosos, comprometidos, pero agravados por las más escabrosas fotografías que uno pueda imaginar.

Mario vivió en el Quindío en los años cincuenta: su madre, doña Ofelia, era maestra, y el suyo fue un largo y hermoso esfuerzo por construir y sostener escuelas rurales en medio de las crueldades de la guerra. Entre tantas cosas, también eso nos unía a Mario y a mí, porque yo pasé los primeros años de mi vida huyendo de la violencia, aunque más vale decir acompañando a mis padres, que eran los que verdaderamente huían. Nosotros éramos niños, alegres e inmortales, y aunque no podíamos evadir los relatos que volaban sobre nuestras cabezas, también sabíamos distraernos, pensar en otras cosas, soñar y olvidar.

Como mis padres hace medio siglo, yo no quería perturbar a los niños con historias horribles, pero ahora Nicolás y Martín iban a salvo, distraídos en las pantallas de sus teléfonos móviles, dedicados a luchas menos peligrosas, los rostros iluminados en la penumbra del automóvil por los relámpagos azules de sus guerras virtuales.

3

Los hechos ocurrieron en agosto de 1963 y su autor fue Desquite. Yo conozco ese nombre desde hace cincuenta y ocho años, y a veces temo haber conocido también al hombre. Pero, para enlazar todo esto, tengo que contar que un día llegamos a Pereira, huyendo del hecho más violento de nuestra infancia. Padua, el pueblo donde nací, se había vuelto peligroso, y era el lugar donde habíamos vivido siempre (solo que la palabra *siempre* apenas abarcaba los pocos años de mi vida).

Una línea ascendente de casas asomadas a la carretera, con una iglesia siempre inconclusa para poder justificar los diezmos; un pueblo que se ahogaba en la niebla, con un vuelo de palomas en círculo, donde la luna roja y misteriosa aparecía de pronto detrás del cementerio que alza sus arcos en la cumbre trunca de una colina. Siempre fue un pueblo de conservadores, pero eso nunca había sido un problema. Abajo, hacia el cañón, está Guayacanal, la tierra de mis mayores. Debo decir que mi abuelo Vicente era tan poco sectario que tres de sus hijas se casaron con liberales: Ana con Olmedo, a quien le habían cortado una oreja y varios dedos en una riña remota; Inés con Yesid, el hijo de don Emilio Tobón, dueño de La Leonera; Ismenia con Luis. Eran once liberales en el pueblo, firmes en sus convicciones y un poco suicidas, porque los días de elecciones siempre aparecían los once votos en medio de centenares de votos conservadores, de modo que ya sabían a qué atenerse.

Escribo esto y comprendo que no es verdad, que en realidad no sabían a qué atenerse: la violencia fue llegando de un modo imperceptible, y todas esas gentes que terminaron odiándose o temiéndose al comienzo eran vecinos y amigos, no sabían que pertenecer a partidos distintos fuera algo tan grave, tan imperdonable. Muchos solamente lo padecieron, pero algunos llegaron a creérselo, se

dejaban arrastrar por la retórica facciosa de los directorios políticos y de los curas en los púlpitos, que convirtieron a los pueblos en calderos de intolerancia y de miedo, y a los vecinos de siempre en enemigos y demonios.

A veces las causas eran posteriores a las consecuencias: tenías que odiar a gentes que no te habían hecho nada, pero ese odio tarde o temprano hacía que te hicieran algo; los crímenes por los que odiaban todavía no habían ocurrido, pero ya eran denunciados por voces autorizadas y

poderosas. La locura es así, se nutre de culpas heredadas, de atrocidades fantasmales, de espectros ilustres, los oradores en las tribunas invocan maldades que debieron de ocurrir en alguna parte; la historia es un conveniente repertorio de ofensas que se puede administrar a voluntad, y lo que desde el poder se delira por conveniencia, en las esquinas reales, en los atardeceres crueles, en los sótanos ciertos, se va volviendo sangre y rencor, huellas dolorosas en la carne y odio verdadero en el corazón.

Estábamos en Pereira porque en un día de 1958 los pájaros entraron en Padua. Siempre me extrañó que en el país con la mayor variedad de aves la gente haya decidido llamar también pájaros a las bandas de asesinos que entraban en los pueblos, que detenían los buses en las gargantas de la cordillera y caían sobre las casas en las soledades, que cambiaron el oficio de los machetes, las hachas y las picas del campo. Porque si algo conocemos de los pájaros es su inocencia, y solo tiempo después una película de Hitchcock mostró un mundo donde los pájaros cambian de conducta y se van convirtiendo en un clima amenazante, una marea de bandadas siniestras que se ciernen sobre los pueblos y atacan inexplicablemente a la gente.

Después de la entrega de los guerrilleros liberales en el año 57, las mujeres veían las cuadrillas de hombres ociosos tendidos en la hierba más abajo del pueblo y decían en voz baja: "Esto no se ha acabado. Están por todas partes, como buitres". En Padua, en los días previos, varias personas habían visto a los jefes reunidos con el inspector de policía, haciendo listas. "Se reunían en una casa de Arenales, y más tarde salían de dos en dos".

En el marco de la plaza dispararon contra don Heriberto Giraldo y su hijo, que salió a defenderlo, enseguida mataron al sepulturero Julián Buriticá, unas casas más lejos, y luego a otro de los liberales doscientos metros arriba de nuestra casa. No sé cómo escaparon Arcadio Arévalo y su hijo Tito, que también figuraban en la lista. Yesid y Olmedo salieron a tiempo y pasaron la noche en Fresno, en casa de Adiela.

Liborio, mi tío, que tenía veinticinco años y siempre tendrá esa edad para mí, venía de regreso de la iglesia de San Judas Tadeo, el santuario que el padre Faustino edificó en un alto cerca del pueblo para los retiros espirituales. Oyó los disparos, vio la confusión en la plaza, oyó mientras caminaba por la calle central los nombres de los muertos, todos bien conocidos. "Están matando a los liberales del pueblo", se dijo, y bajó corriendo a advertirle a mi padre que seguramente venían por él. Recuerdo el clima de angustia, la pesadumbre sobre todas las cosas, el terror silencioso que llenaba las horas.

En la casa de al lado vivía Jorge Villegas. Lo recuerdo alto, blanco, delgado, de mirada tranquila. Recuerdo los dos trazos rectos del bigote que usaban los señores en aquellos años. Era conservador, era juez y uno de los amigos más entrañables de mi padre. Nosotros jugábamos en las tardes con Arturo, con Miriam, con Cecilia, sus hijos. Por el cercado entre las dos casas, junto al patio, Jorge Villegas, que era del bando contrario, llamó al atardecer a mi padre.

"Luis, venga con Ismenia a mi casa, en el sótano hay una habitación donde pueden pasar la noche: no los van a buscar aquí". Ella tenía miedo de irse sin nosotros, aunque ya mis abuelos habían llegado para cuidarnos: en un pueblo de conservadores nadie iba a atacar a don Vicente Buitrago y aquellos bandoleros todavía no mataban a las mujeres ni a los niños.

Tras horas de angustia, los pequeños dormimos hondamente, pero en la casa mis abuelos no durmieron, y vuelvo a imaginar a mis padres con los ojos abiertos en la oscuridad de aquel sótano. Mi madre se sentía culpable de no estar con nosotros, y la cerca que separaba las dos casas esa noche le pasaba por el corazón. Más peligroso habría sido que se quedara, porque la iban a presionar para que dijera dónde estaba su marido. Lo cierto es que al final los pájaros no llegaron: tal vez había ya demasiada alarma en el pueblo y decidieron no seguir con las ejecuciones, o mi padre se benefició, como otras veces, de ser el único enfermero disponible y el músico de todos.

Esa, al menos, es la idea que yo tenía de los hechos hasta el día en que les leí estas páginas a mis hermanas. Henry, el hijo de Patricia, se casaba con Ana, su novia portuguesa, y luego de acompañarlos a la boda en los apacibles bosques de Sintra, mis tres hermanas y yo emprendimos un viaje, el primero que hacíamos juntos después de la muerte de nuestros padres. El mundo de los mayores se estaba deshaciendo, había que tomar posesión del presente. Decidí leerles esta narración inconclusa, donde ellas mismas iban a aparecer, y comprobé que Ludivia guardaba todo con mayor nitidez. Tenía ya ocho años cuando los hechos ocurrieron, y sobre todo recordaba el primer milagro que presenció en su vida.

Me dijo que había un asesino designado para cada uno de los liberales del pueblo. Mientras los bandoleros comenzaban a disparar en la plaza, el encargado de matar a mi padre sabía a qué horas él bajaría por la calle central y se apostó en una esquina a esperarlo. Ya sonaban disparos cerca de la iglesia, ya venía Liborio corriendo desde la plaza entre la confusión de la gente, cuando mi padre pasó por el sitio señalado y el hombre no lo vio pasar. Esa revelación me estaba esperando en aquel viaje. El asesino mismo alcanzó a expresar su desconcierto, pues su única misión ese día era verlo y dispararle: miró con atención a los que pasaron, vio a Liborio corriendo calle abajo, pero a mi padre, que había pasado unos minutos antes, no lo vio.

Llegando a la casa, mi padre escuchó las detonaciones y pensó que eran la pólvora que celebraba el fin de los retiros espirituales. Por eso, cuando Liborio apareció con la noticia, le costó creer que estuvieran matando a los liberales. "Me habrían matado a mí, que acabo de cruzar por la mitad de la calle", dijo. Solo cuando llegaron los abuelos contando lo mismo comprendió que acababa de salvarse. Pasados los años, mi madre todavía se quejaba de que a la mañana siguiente, antes de escapar como le habían aconsejado, él asistió a los velorios de los muertos y después sí subió al Ford verde y blanco de Otoniel Posada y se fue sin contarnos el rumbo. Inesita, la esposa de Pedro, mi tío, vino a acompañarla, y las dos vigilaban por la ventana. En la niebla, unos hombres borrosos merodeaban la casa, trataban de evadirse a los faros de los camiones, rayas de linternas desde atrás barrían el patio.

Nosotros viajamos semanas más tarde. Y llevábamos un tiempo en Pereira cuando mi padre nos dio la noticia de que había un lugar donde estaría a salvo: Santa Teresa, cerca del Líbano. Dijo que era el único sitio donde nadie intentaría matarlo, por ser un pueblo de solo liberales. Mi madre no quería enterrarse en esos pueblos sombríos y no le alegró la noticia.

Nubia escuchaba con especial atención mi relato: ella tenía dos años apenas cuando ocurrió todo, y los primeros recuerdos de su vida eran de Santa Teresa, donde mi madre le contagió mientras la llevaba en sus brazos la desolación de aquel pueblo.

Y fue así como, creyendo huir de la violencia, llegamos a su centro. No mataban liberales porque dos tenebrosos bandoleros que decían ser de ese partido reinaban en el territorio, pero mi padre iba a comprobar muy pronto que la violencia pesaba más sobre un pobre enfermero que debía afrontar a cada hora las heridas y las muertes, en un mundo enfermo de sectarismo y de impiedad. Debo llamarlo Luis, para no estar diciendo "mi padre" todo el tiempo. Como fue tan eficiente en conseguir sin recursos un local para su negocio, pronto se advirtió que solo tenía cuatro frascos y que la farmacia daba lástima.

Hace siete años, cuando él ya había cumplido los noventa, volvimos al Líbano. En un café un hombre oyó nombrar a Luis Ospina y se le presentó como hijo de Eusebio Malagón. Entonces Luis, entre lágrimas, creyó volver a ver el rostro del hombre que, cincuenta años atrás, después de oírlo cantar y sin saber quién era, lo acompañó hasta el Líbano y respaldó con un cheque las medicinas con que surtió completa la primera farmacia de verdad que tuvo en su vida.

4

Nos pareció que habíamos rodado por el mundo entero, pero pasamos la infancia girando alrededor del Nevado del Ruiz, el viejo león dormido, como lo llamaba Luis Enrique, en cuyas cornisas se encogen los pueblos como nidos en un árbol gigante. Y no es que la violencia nos viniera pisando los talones, es que avanzábamos hacia ella como el conejo hacia la boca abierta de la serpiente.

No sé quién le dijo a mi padre que Santa Teresa era un pueblo seguro: más bien era un refugio sin Dios y sin ley. Una región abandonada a la tiranía infame de un par de bandidos, Desquite y Sangrenegra, los más temibles de la época, pero no lo sabíamos. No había alcalde, ni cura, ni policía. Después de peregrinar con sus morteros y sus frascos por toda la provincia, mi padre instaló la farmacia a doscientos metros de la plaza y la familia se acomodó en el piso de abajo, unas estancias húmedas y oscuras donde lo primero que hizo mi madre fue bañar de específico las paredes para expulsar a los otros habitantes del sótano: los chinches, las hormigas.

Pero detrás de cada sombra había un consuelo. En el almacén de enfrente, que parecía una escuela, doce hermanos de muchas edades se movían sin descanso; la menor recitaba los nombres de todos en una letanía que tenía algo de canción y de rezo. En el café de al lado, hombres mudos y vencidos bebían una cerveza tras otra al soplo de las músicas de la cordillera. Una voz insinuante de mujer cantaba desde las horas blancas:

El fuego de tus ojos quemó mi sentimiento,
el fuego de tus ojos quemó mi corazón

y yo, con seis años, sentía los amores calcinantes que la canción nombraba. Porque en aquellos tiempos los niños no se alimentaban de cuentos infantiles sino de relatos de misterio y de sangre. Los oídos no bebían fábulas ni romances pastoriles sino ráfagas de despecho y la novela de los amores perdidos. Cuando llegó el amor, ya lo habíamos perdido tantas veces que un amor contrariado nunca fue inexplicable.

La música seguía hasta el anochecer, y desde un surco de acetato una voz de hombre, vibrante y sombría, parecía relatar el avance de la niebla sobre el mundo:

Después de un día lluvioso el cielo se oscurece,
y allí es donde comienza mi pecho a suspirar,
las lágrimas del alma semejan esta lluvia,
la noche con su manto tendrá su día de luz.

Parecía imposible, pero las canciones lograban hacer más melancólico el paisaje del pueblo. Pasaban grupos de hombres a caballo, con ruanas de niebla, revólveres y carabinas, las cananas cruzadas sobre el pecho, y en los rostros que ya mordía la noche los sombreros dejaban en torno de los ojos su antifaz misterioso.

Después de semanas de lluvia y frío ya sabíamos de memoria las canciones, y un día el pueblo amaneció luminoso, aparecieron lejos las paredes que llevan al Nevado, se abrieron lomas cubiertas de bosques al resplandor de un sol tibio y saludable, y al fondo se dibujaron bajo nubes clarísimas los grandes cañones del Tolima. Jorge y yo nos atrevimos a remontar la calle y subir a la plaza. La iglesia no estaba cerrada sino más bien tapiada, como si sus puertas hubieran sido condenadas con clavo y martillo. El viento se filtraba zumbando por el nicho vacío de las campanas. Respiraba soledad y abandono, pero una puerta lateral, ante los barrancos amarillos, estaba destrozada y Jorge me propuso entrar allí. "No se puede", le dije, "la puerta está sellada". "Claro que puede entrarse", respondió. Pasamos aquel tragaluz por el que apenas cabían un par de niños de ocho y de seis años, y lo que vimos ya no pude olvidarlo.

El sitio estaba abandonado, el techo muy alto estaba roto y por las troneras entraban raudales de luz; la maleza nacía sobre las bancas, enredaderas espesas habían trepado por las columnas que orillaban la nave central, hacia el coro crecían los matorrales, todo efundía una humedad salvaje y la bóveda, de un desvaído azul con estrellas, flotaba agrietada sobre el altar en ruinas. Los santos en sus nichos eran bultos deformes forrados en telas de araña. El sitio producía la impresión sobrecogedora de un día después del mundo. La selva había entrado en ese lugar de donde Dios se había ido, pero todo estaba vivo y luminoso en la caverna inmensa cruzada por los pájaros. Lo que sentí se parecía más al deslumbramiento que al miedo, y no olvidé aquella visión.

No hablamos en la casa del tema, y cuando al fin se lo conté a mi madre, se preocupó menos por la iglesia abandonada que por el hecho de que Jorge y yo anduviéramos solos, tantos años atrás, aprovechando algún descuido suyo: el clima de zozobra del pueblo la asustaba todavía. Pero no tuvimos ocasión de ver aquel espectáculo de nuevo porque el obispo designó por fin un cura para la iglesia. También el gobierno mandó un inspector de policía, y como de costumbre llegaron al mismo tiempo el carro negro y solemne que transportaba al cura con sus baúles, las cajas de madera con sotanas y cálices, y el camión con el inspector y los agentes.

Al volver a la iglesia no la reconocimos. Las mujeres se habían aplicado a purificar el templo de maleza, desnudar de telarañas las imágenes, liberar de musgo las alas de los ángeles y transparentar las lágrimas verdes de las vírgenes. Le devolvieron a Dios el altar usurpado por las enredaderas, y la música del armonio calló los timbres de los grillos. También los hombres aportaron su tiempo y su industria: había que resanar los huecos de la bóveda y reponer los vitrales para que la luz entrara más piadosa y crepuscular al recinto. A mí me pareció mejor el sitio que habíamos visto antes, escombrado y salvaje, y me intimidó la iglesia restaurada, porque al ritmo que se iba iluminando y perfumando en la música espesa del armonio, la oprimía una presencia más capaz de agobiarnos con su orden de campanas, su clamor y su incienso.

Para mi madre era un pueblo triste, el más triste que conoció jamás, y algo de esa tristeza se quedó con nosotros. Todo el tiempo se oían relatos sobrecogedores de muertes y muertes, y yo debería guardar un recuerdo lóbrego y angustioso, pero éramos niños, nos buscaba el milagro. En los atardeceres, cuando el frío y la niebla avanzaban con ráfagas de rancheras mexicanas, se oía la voz de Ventura Romero cantando *Senderito de amor*.

Un amor que se me fue
y otro amor que me olvidó
por el mundo yo voy penando

y sonaba *Luz de luna*, donde arrastran cadenas en la noche callada,

Yo quiero luz de luna para mi noche triste,
Para sentir divina la ilusión que me trajiste

una canción que parecía escrita para esas tinieblas, pero que Álvaro Carrillo había compuesto en una celda en México diez años atrás.

Pasaban al galope con sus ruanas oscuras los bandoleros y a veces entraban en la farmacia de mi padre y compraban alguna medicina. Por eso temo que entre todos los rostros que vi allí sin saberlo esté el rostro indescifrable del propio Desquite, temo que me visite en alguna pesadilla nocturna, aunque me inquietaría más llevar en la memoria, escondido entre los otros, el rostro de Jacinto Cruz Usma, al que hasta sus parientes llamaban Sangrenegra. Pero hay un dios que actúa en los meandros del tiempo, y lo que yo recuerdo de esas tardes es muy distinto: es el rostro, borroso tras los años pero siempre querido, de don Ruperto Beltrán.

Un día, en el mercado de Bagdad, un hombre famoso por su ta-lento para preparar platos admirables mezcló los ingredientes de un estofado en una gran marmita y la puso en el fuego. Un rato después, mientras hervía el cocido, empezó a salir de la marmita un vapor tan fragante y apetitoso que cuantos pasaban por allí sentían de agua la boca. Había en ese mercado un hombre tan pobre que no había comido cosa de provecho en todo el día, y acababa de recibir como regalo una hogaza de pan viejo y reseco apenas comestible. El pobre empezó a arrancar mendrugos de la hogaza, a humedecerlos en el vapor que ascendía de la marmita y a comérselos con tanto placer que para todos era visible su deleite. En esas estuvo hasta terminar con la hogaza de pan, entonces el cocinero se le acercó y le dijo: "Muy bien: y ahora, págame". "¿Qué quieres que te pague?", dijo el otro. "Has aprovechado el vapor de la marmita, has disfrutado del delicioso aroma del estofado que estoy preparando: debes pagarme por ello". "Pero si era apenas un vapor", le dijo el otro, "algo que se lleva el viento. ¿Por qué tendría que pagarte?". "Porque te has beneficiado de mi trabajo", respondió el cocinero. "¿Vas a negar que has obtenido provecho de él?". El hombre se declaró tan pobre que no podría nunca probar un estofado semejante. Aquel vapor, dijo, ni siquiera servía de alimento, no era más que un aroma momentáneo hecho para perderse. Los testigos escucharon la discusión y empezaron a argumentar, unos a favor del cocinero, otros a favor del hombre de la hogaza, y aquello se convirtió en un gran alboroto. Estos defendían al pobre contra la codicia del comerciante, los otros hablaban del deber de la gratitud y de la importancia de la justicia. El rumor corrió por las calles, los guardias del sultán intervinieron, y como el hecho causaba tanta conmoción fueron a llamar al gran juez, el propio emir de la ciudad, para que juzgara el caso y resolviera quién tenía la razón. Por fin hizo su entrada el emir, seguido por sus guardias, e instaló el tribunal en el propio sitio donde habían ocurrido los hechos. Peinando con la mano la barba larga, tan blanca como el turbante, escuchó con mucha atención los alegatos. Al final, dijo: "Tú tenías una hogaza seca de pan que podía alimentarte pero no iba a darte ningún deleite, y sintiendo el vapor apetitoso de la marmita impregnaste los mendrugos en él y mejoraste tu alimento. ¿No es verdad?". "Sí", dijo el pobre, "así fue". "Entonces algo le debes, porque obtuviste provecho de su trabajo. Ahora voy a dictar mi sentencia: dame una moneda de oro". El pobre harapiento lo miró con alarma y le dijo: "Señor, ¿crees tú que si tuviera una moneda de oro me habría resignado a impregnar unos mendrugos de pan en el vapor de una marmita? Tan pobre soy que hasta el pan que comí fue regalado". "Pues de todos modos tienes que pagar por el beneficio que recibiste", dijo el emir. "Aquí te presto esta moneda de oro. Y ahora arrójala al suelo". El pobre hombre tomó la moneda y la arrojó en el piso de piedra del bazar. Entonces el emir miró primero al cocinero y después al hombre de la hogaza y le dijo: "Ahora devuélvemela. Con el tañido de la moneda de oro, le has pagado el vapor de la marmita".

El viejo parecía conocer todos los cuentos, y a las seis de la tarde estaba cada día esperando la visita de los duendes vecinos. Siempre íbamos los tres: Ludivia, Jorge y yo. Nubia era muy pequeña todavía. Nori, la hija de don Ruperto, estaba siempre allí, y a veces unos niños de la casa de enfrente. El viejo contaba con placer y con gracia todos los cuentos que quisiéramos oír, y muchos de ellos los encontré más tarde en los libros. Historias de navegaciones y cabalgatas, regalos engañosos y expediciones mágicas, guerras y apariciones.

Algunos daban miedo, hablaban de tragedias y de metamorfosis, hombres que por las noches se cambiaban en perros, mujeres convertidas en yeguas o en estatuas: el terror no borraba la maravilla. Y entre todos hubo uno que nos hicimos contar muchas veces, aunque bastó salir de Santa Teresa para que olvidáramos ese relato de magia y milagro y solo nos quedara su nombre. Veinte años después, desde los inviernos de Europa, yo llamaba por teléfono a Ludi y a Jorge para preguntarles si recordaban algo de aquel cuento que no aparecía en ningún libro: nadie lograba recordarlo.

Cuando volví, quise buscar al viejo. Nos dijeron que vivía en Armero, y aunque yo debía verlo solo por gratitud, también quería recuperar ese cuento perdido. Mi padre tenía en Fresno su farmacia y prometió acompañarme. Una mañana montamos al campero y nos fuimos en busca de mi infancia. Después de algunas vueltas encontramos finalmente la casa, y en ella la noticia de que el anciano había muerto. Doña Irene nos recibió con alegría, pero el viaje se convirtió en una discreta visita de duelo y no me atreví a preguntar nada. Me prometí volver a Armero, buscar las pistas del cuento: Nori seguramente lo recordaría. Por distraer la espera me apliqué a escribir una narración inspirada en el clima de magia que me quedaba de esas noches, llené cientos de páginas de un relato que después sepulté entre mis papeles. No podía ser la historia que buscaba, el cuento de Ángel Bello era cosa perdida.

Una noche de noviembre de 1985, antes de que hubiera podido volver a buscarlo, el agua del deshielo del Nevado del Ruiz bajó en avalancha por el cañón del río Lagunilla, un magma de barro y rocas hirvientes cayó sobre la ciudad de cuarenta mil habitantes en la llanura, sepultó en el fango a veinticinco mil personas, se llevó entre ellas a Marina Bermúdez, que tenía en su rostro los rasgos de mi bisabuela, se llevó al hijo adolescente de mi amiga Cecilia Villegas, la hija del salvador de mi padre, y arrastrando a su paso la vida y la muerte se llevó también la tumba de don Ruperto Beltrán, se llevó a doña Irene y a Nori, su hija, y con ellas los últimos rastros de la historia que nos había embrujado las noches de Santa Teresa.

5

Desquite y Sangrenegra habían pactado una alianza. Su dominio de asaltos y crímenes abarcaba todo el norte del Tolima y, duro es saberlo, fue entonces cuando llegamos al pueblo, a los cuentos de don Ruperto y a los paseos de los domingos cuyo único destino eran las mangas brumosas junto al cementerio. Ludi siempre recuerda que en el portal una sentencia relievada en piedra decía que allí terminaban por fin las vanidades y peligros del mundo. Y un día me enteré de que ese portal con su inscripción era una obra del viejo Ruperto. Él sabía de finales desconcertantes, pero no imaginó que un río de fango hirviente habría de contrariar su sentencia, y que a su propia tumba se la iba a llevar una avalancha.

Habíamos entrado a la escuela. Apenas recuerdo un combate sin consecuencias entre mi hermano y otro muchachito por el amor de una mujer de doce años que nunca se enteró, y el día en que escuchamos un fragor en el cielo y salimos al patio para ver un enjambre de helicópteros que sobrevolaban las lomas y por fin descendieron a las mangas de nuestros paseos del domingo.

Todos corrimos a pedir "una palomita": que nos llevaran a viajar por los aires, y vimos bajar de los helicópteros muchos soldados. Tropas del coronel Matallana venían a pacificar la región. Aunque desde el pueblo no se oyeron los combates, las tropas se internaron por los montes vecinos buscando las Piedras de Santa Teresa, unas grutas donde tenían su cuartel general los bandoleros, pero la violencia no se acabó. A finales de 1960, una masacre en un sitio llamado El Taburete, de la que hablaron mucho en la casa, persuadió a mi padre de abandonar esa seguridad dudosa y buscar a Padua otra vez.

Nuevas alarmas nos obligarían más tarde a escapar hacia Cali, pero de aquel año en Padua guardo recuerdos poderosos: las colaciones que fabricaba un viejo violinista, la obra de teatro donde su mujer encarnaba a la muerte, la vida aventurera y la muerte inmerecida de Julio Gutiérrez, la visita al comienzo milagrosa de san Nicolás de Tolentino, que se llevó los audífonos del profesor Tamayo y las muletas de Isidro el ebanista, las levitaciones del padre Faustino, el duende que estuvo a punto de robarse una muchacha y le dejó al final un mensaje escrito con sangre:

Cuando ya te iba a llevar
me quitastes el poder

el día en que nuestro perro mordió en la cara a Cecilita, la cara más linda que yo había visto, la enorme barba de espuma de Mercedes anunciando el juicio final en el valle de Josafat, el gran circo internacional que pasó por el pueblo y al que después los magos transformaron en un circo pobre, el atardecer en que Jorge estaba dándole manivela a la despulpadora del abuelo y el dedo meñique de mi primo Walter fue atrapado por las ruedas dentadas.

Iba pensando en todo eso cuando vi aparecer la cruz por la carretera. "No es tan grande como decías", le dije a Mario. "Allí está, junto a la estatua de la Virgen". Y llegamos al sitio temible donde en agosto de 1963 las tropas espantosas de Desquite se atrincheraron y empezaron a retener a los que pasaban. Unos dicen que buscaban a un jefe conservador que iba en un bus de servicio público, otros, que un informante les iba diciendo quiénes de los que pasaban eran conservadores. Fueron reteniendo una tras otra a tanta gente que al final había como cincuenta personas encerradas en la casa: entonces comenzaron la matazón.

Yo no voy a contarla, está muy bien narrada en los periódicos de la época, en los libros, en los videos de internet. Muchas gentes de Marquetalia y Manzanares recuerdan cómo vieron amontonar los cadáveres en las cunetas, cómo los llevaron a la catedral inmensa de Manzanares, donde fueron las honras fúnebres. Algún hombre mayor que era muchacho entonces cuenta cómo se salvó escapando por los barrancos y los cafetales. A mí me intrigaba sobre todo si esa casa, al lado de la cruz, detrás de la efigie de la Virgen, era la misma donde ocurrió el horror, donde unos hombres incomprensibles mataron a garrotazos y después decapitaron y descuartizaron a cuarenta y dos personas en un solo día.

Habían pasado a Caldas, cruzando el Guarinó, precisamente huyendo del cerco que les tendieron las tropas de Matallana desde cuando vimos los helicópteros. La guerra fue dura y fue el comienzo del fin: la masacre de La Italia tuvo que ser la gota que desbordó el vaso. A partir de ese momento la persecución fue sin tregua. Era el primer gobierno del Frente Nacional, los liberales estaban en el poder: ya podían perseguir y exterminar a los bandidos liberales que ellos alentaron y armaron desde los directorios, ya necesitaban hacer sentir que los malos eran los bandoleros envilecidos a los que ellos mismos les habían dado licencia para toda atrocidad y ahora serían los únicos culpables de la época que estaba quedando atrás.

Desquite volvió a cruzar el río y entró de nuevo en el Líbano. Poco después lo mataron, y de ese combate Sangrenegra salió herido. Se las arregló para escapar del cerco, cruzar solo las montañas e irse a convalecer lejos de allí. Nosotros ya estábamos en Cali. Solo una ciudad grande era ahora refugio. El barrio se alzaba apenas de la tierra, cerca de la carrilera. Para mi madre fue el cumplimiento de un sueño, y todos a pesar de la pobreza nos sentíamos felices. Mucho nos hacía falta lo que dejábamos atrás, los abuelos, la tierra conocida, pero los tiempos ya eran otros. Pasar de aquellas aldeas perdidas en la niebla, junto al abismo, de los pinares oscuros, del clima de asechanza y violencia, de la potestad de los grandes curas vestidos de negro, a la alegría de los atardeceres abiertos, a un cielo del color de los chontaduros y de los mangos, era escapar al horror. Haber roto para siempre con un mundo gótico y penumbroso, haber llegado a un sitio donde el espanto no parecía posible. Más tarde supimos que en la ciudad maduraban otros miedos y otros peligros.

El suelo donde se alzaba el barrio parecía de barro elemental, pero ese barro acababa de ser removido. Seis años antes, bajo la dictadura militar, el ejército dejó estacionados en una calle siete camiones cargados de dinamita, alguien en la noche debió de arrojar distraídamente una colilla encendida, y una parte considerable de la ciudad había volado en pedazos. Uno de los lugares arrasados por la explosión fue el cementerio Central, y amanecieron muertos hasta en las ramas de los árboles. El barrio parecía un campamento y ocupaba un extremo de lo que fue aquella tragedia.

Pero no todos los lazos con la tierra de origen estaban rotos, había cauces que conducían al pueblo vivo en la distancia: la misma carpa del gran circo que vimos el año anterior en Padua se instaló en una explanada cercana. Ahora no era más que un circo provinciano, pero para mí era un signo de que el pasado persistía: ese circo siguió nuestro rastro y nos dio alcance. Por fortuna, no supe en esos tiempos que algo más temible llegó también a Cali, y estaba no muy lejos del sitio donde nos instalamos. Vivíamos en la calle 26 con la carrera 18. En el sótano de una de las cantinas de la calle 22 con la 10.ª, a unas cuadras de distancia, un hombre herido había llegado a esconderse y a tratar de curarse en casa de un conocido. Era Sangrenegra.

6

Paramos en La Italia. Nicolás y Martín saltaron sobre los charcos de la carretera y se divirtieron desafiándose uno al otro con esa conmovedora alegría de los niños que no se dan cuenta del mundo que están viviendo los mayores. Mientras tanto, nosotros nos acercamos al sitio como a un altar de sacrificios.

¿Esa casa del fondo sería la misma donde los criminales encerraron a los viajeros y los asesinaron en su horrenda jornada de locura y crueldad? Un hombre que venía de la casa atendió nuestras preguntas. Ver gente habitando aquel sitio era una buena prueba de que los muertos no regresan a atormentar a los vivos. La casa fue construida donde estuvo la otra y sus habitantes no ignoran lo ocurrido, pero pasados cincuenta y cinco años el hombre hablaba de aquellas cosas con un dolor humano hondo y sencillo, y se mostró alegre de que la confianza hubiera vuelto al mundo.

Sería una buena oración pedirle al tiempo que el horror no sea indeleble, que en esta esfera de guerras y espantos las habitaciones humanas vuelvan a ser confiadas y apacibles, que contrariando tantos relatos siniestros los muertos descansen al fin. Me extrañó oírle decir al hombre que las personas que vivían en la casa eran sordas, y ahora me extraña que no preguntáramos nada sobre aquella afección misteriosa. Las mujeres nos saludaron con la mano como si estuvieran detrás de un cristal, y procedimos al homenaje.

Freddy Buitrago y Hernando Salazar habían caminado con nosotros esa mañana por la selva de Florencia y llegaron con Darío en el otro automóvil. Viajaban adelante, pasaron la cruz sin advertirla, se regresaron cuando Mario les confirmó que habíamos encontrado el lugar. Con voz firme y profunda, Freddy leyó el poema que hizo Gonzalo Arango sobre Desquite cuando la tropa le dio muerte al bandolero, donde profetizó que si Colombia no aprendía a brindarles un destino de dignidad a sus hijos, Desquite volvería a nacer muchas veces. Después leyó el relato de cómo fueron asesinadas esas cuarenta y dos personas.

Uno piensa que hasta los árboles, hasta las construcciones humanas tuvieron que sentir algo. "Estos paisajes vieron ocurrir los hechos, este sitio vivió esas cosas", decimos, pero ni los humanos ni el paisaje oyeron nunca la narración tremenda, y algo en nosotros consideró importante que las palabras resonaran, entre el recuerdo de los muertos y la impotencia del tiempo. Seguimos el relato bajo las nubes lentas, en un silencio apenas alterado por el juego alegre de los niños, que volvieron más tarde al automóvil a sumergirse en sus pantallas azules.

Vecinos atraídos por la ceremonia nos dijeron que a veces venían personas al lugar y se detenían a rezar, que el monumento no fue hecho en honor de todos los muertos sino solo de los trabajadores de obras públicas asesinados allí. Algo parecía estar concluyendo en este homenaje que hacíamos a los seres ya sin rostro que en ese sitio padecieron su infierno. "No es la muerte, es el crimen lo que nos estremece", dijo Mario, recordando un poema.

Yo sentí que esa violencia, que aún no olvidamos, era una de tantas. Por los mismos lugares pasaron, no hace mucho, la violencia guerrillera y la violencia paramilitar, y esas tierras fueron la ruta de la colonización de fines del siglo XIX, cuando llegaron desde Antioquia mis bisabuelos. No puedo impedirlo: trato de ver la región en tiempos de la violencia de los años cincuenta pero tengo que mirar hacia atrás, a las avanzadas de la colonización, y siglos antes, al paso de los conquistadores españoles por el cañón del Guarinó. Es más: algo me obliga a buscar, más lejos todavía, a las silenciadas naciones indígenas que poblaron estas cordilleras por miles de años y que se borraron ante el avance de los invasores, dejando sin embargo su memoria enterrada. Así me llega el recuerdo de uno de los días más extraños de mi vida.

Fue en 1997, cuando me invitaron a un encuentro de autores latinos en Rumania. Yo estaba dedicado a escribir un libro sobre la conquista de la América equinoccial, y había llevado al viaje precisamente uno de los volúmenes de la obra interminable de Juan de Castellanos. Me faltaba leer el tomo cuarto, los versos que escribió hacia 1580, cuando ya tenía sesenta años y dirigía en Tunja la construcción de la catedral.

En un bus donde se cruzaban varias lenguas latinas recorrimos la Valaquia al norte del Danubio, luego los bosques otoñales de la Moldavia rumana, y presenciamos una misa campal de popes ortodoxos, prelados de barbas enormes vestidos como reyes antiguos, con coronas pesadas de piedras preciosas y trajes de intensos colores, también luminosos de pedrería: una larga y solemne ceremonia presidida por el patriarca de Estambul. Vimos los monasterios moldavos, los frescos coloridos que decoran sus muros exteriores, bellos incendios de imágenes en lo alto de las colinas, y pasamos después varios días en Transilvania, a la sombra lluviosa de los Cárpatos.

En una habitación de un hotel helado aproveché el descanso para leer algunos versos de la parte final del poema. Nunca había estado tan lejos de Colombia: ese viaje al oriente de Europa me hacía sentir en las fronteras de lo desconocido y hasta me asomé por la ventana escarchada al jardín interior para ver si no había ojos de lobos brillando en la tiniebla.

Abrí el libro y apareció el canto escrito por Castellanos en memoria de su amigo Jerónimo Hurtado de Mendoza, sobrino del adelantado Gonzalo Jiménez de Quesada. A mí, todos los cantos de Castellanos me resultan apasionantes, todos me revelan el nacimiento de un continente, pero este canto inesperado narraba algo especial: la guerra que libraron los españoles contra los gualíes,

Indios encastillados y rebeldes
junto a la ciudad de Mariquita.

De repente, a la sombra de los Cárpatos, me era concedido presenciar el avance de las compañías de los conquistadores por la comarca de mis abuelos, por el señorío de los onimes que poblaron el cañón del río Guarinó, al que llamaba Guariñó el poeta Castellanos. Los indios extraían el oro de las minas, lo recogían también en esquirlas de las arduas quebradas, y dejaron las montañas llenas de tumbas de oro.

En 1551 Francisco Núñez Pedrozo, uno de los doce conjurados que mataron en Lima a Francisco Pizarro, bajó de la sabana de Bogotá y libró una guerra contra los hijos de los bagres del Magdalena, contra los nietos de los búhos y los jaguares de la cordillera y contra los sobrinos del buitre de la montaña. Masacró a los ondamas de Honda, a los lumbíes de Ambalema, a los marquetaes de Victoria, a los onimes del cañón del Guarinó, a los señores del cañón del Gualí y a los palenques de Santa Águeda, y construyó un pueblo blanco en la llanura y otro en las tierras altas.

Me asombró que me estuviera alcanzando tan lejos algo que jamás me habían dicho. Incluso ignoraba que alguien lo hubiera escrito: cómo se enfrentaron unos capitanes llamados Juan López, Juan Ortiz de Olmos, Antonio de Herrera, Juan Esteban, Francisco Machado, Ambrosio Roca, Juan de Chávez y Montero, Andrés de Betancur, Alonso Ortega, Pedro Rangel, Juan de Vega, Cristóbal Tinoco, Francisco Salvador, Antón Pardo y Juan Lucero, seguidos por muchos soldados y comandados por Jerónimo Hurtado, a una muchedumbre convocada por Uxiate, Totoz, Nicuatepa, Uniqua, Uniatepa, Avea, Cirirqua, Ondama, Pomponá y Per Cimarra, y conducidos por un jefe guerrero llamado Yuldama.

Remontando la cordillera, el sobrino de Jiménez de Quesada ocupó la fortaleza de Santa Águeda y erigió una parroquia. Pero aquel nativo criado en casa de españoles, Yuldama, que sabía leer y escribir, que conocía los salmos y las leyes del reino, y que había visitado en sus años tempranos la sabana de Bogotá, sedujo a Isabel, la muchachita española que fue su compañera de juegos en la infancia, y la llevó a vivir consigo en su palenque de la sierra. Los padres de Isabel suplicaron ayuda, el conquistador emprendió su campaña implacable, pero Yuldama vino con muchos guerreros hasta el fuerte de Santa Águeda y le dio muerte en combate al capitán español.

Por primera vez encontraba un episodio de la Conquista en el que era una española quien se enamoraba de un indio y se atrevía a fugarse con él hacia los campamentos nativos. "Será por estas cosas", me dije, "que el Tolima sintió siempre admiración por los indios, mientras otras regiones del país cultivaban más bien la leyenda de su incurable barbarie y solo contaban relatos salvajes de nativos y de cimarrones".

Los hombres de Yuldama atacaron en las primeras estribaciones de la cordillera la fortaleza de Santa Águeda del Gualí y forzaron a los conquistadores a replegarse a Mariquita, a la que le dieron el nombre de San Sebastián para que el santo mártir los protegiera de las flechas de los indios. No sé por qué se piensa que un hombre muerto a flechazos puede ser buena ayuda contra las flechas, pero son los recursos de la magia. Cuando Yuldama acabó con la vida del adelantado Hurtado de Mendoza, el propio fundador de Bogotá, Gonzalo Jiménez de Quesada, volviendo apenas de su expedición frustrada a los llanos del Orinoco, vino a toda prisa a vengar al sobrino, y dio muerte a Yuldama, pero en la batalla también murió Isabel, que se negó a volver donde sus padres y prefirió permanecer al lado de su indio y compartir su suerte.

Jiménez tenía en la sabana un cristo negro tallado en madera, y decidió llevar como estandarte contra los gualíes ese cristo, que ya había derrotado infieles en otras batallas. Y Castellanos cuenta cómo fue el avance de las tropas de conquista, cómo esos pueblos que cultivaban maíz en las vertientes, entre aguacates y guamos, chupas rojas resecas, higuerillas de virtudes medicinales y lulos del color del verano que perfuman más que jazmines, huían de los enemigos poniendo fuego a sus sementeras y sus labranzas. Cómo los rebeldes echaban a rodar por las pendientes grandes piedras para desbarrancar a los españoles, y cómo castigó el capitán a los guerreros nativos y arrasó sus poblados. Gonzalo Jiménez de Quesada avanzó con sus tropas por el cañón del Gualí y por el cañón del Guarinó, y cuando ya los indios estaban diezmados, ordenó levantar una ermita en los profundos peñascos para celebrar su exterminio, allá, en el paso más estrecho del cañón, sobre las aguas turbias que chocan entre paredes de roca viva.

A la sombra de los Cárpatos una voz vieja de cuatro siglos me estaba hablando de la tierra de mis abuelos, contando las leyendas del origen que yo interrogaba desde mi adolescencia. A esa ermita engastada en la piedra, a esa pequeña fortaleza perdida entre helechos y palmas y árboles que crecen en las paredes rocosas, llevó Jiménez de Quesada el cristo negro, e hizo que los capellanes celebraran una misa solemne entre las aguas embravecidas del río. Pero la ermita era un capricho de la victoria: nunca habría un pueblo de españoles en esas hondonadas de humedad y de helechos. La alzaron como un símbolo del poder de los cristianos, no como un sitio de culto, y no estaba hecha para estimular la fe de los viajeros sino para intimidar a los indios.

Las fundaciones fueron atacadas de nuevo; el fuego indio que calcinó a Santa Águeda, la vigía del valle desde la sierra, ennegreció también la ermita del río, que fue abandonada primero por los españoles y después por Dios mismo, porque el cristo negro fue llevado a un lugar donde pudiera prestar auxilio a los cristianos, a una ermita mejor protegida, la de San Sebastián en el reino de los marquetaes.

Y Jiménez de Quesada murió allí, bajo los ojos del cristo negro, que no era una talla cualquiera sino uno de los dos cristos que asistieron a la batalla de Lepanto, el que iba en el palo mayor de la galera de don Juan de Austria. El conquistador lo había recibido de manos de Felipe II, y un fraile contó que en el galeón que lo traía hacia Cartagena de Indias el cristo había sangrado en medio de la elevación, cuando ya se sentía en el aire el olor de agua dulce de los ríos de América.

Fue lo último que hizo Jiménez de Quesada: dejar la imagen en la ermita de la ciudad colonial, donde el águila bicéfala de los gualíes acabó confundiéndose con el águila bicéfala de la casa de Austria. Y los pocos indios sometidos, pues casi todos resistieron hasta la muerte, esquivaban la ermita; y el conquistador estaba tan viejo y enfermo que apenas tuvo tiempo de triunfar y morir, devorado por la lepra blanca de la sangre de los armadillos.

7

Nunca pensé que escribiría esa frase, pero llegamos a Manzanares al atardecer. En algún momento no me sentí mirando por mis ojos sino por los ojos de mis muertos. Mi madre me contó que alguna vez en la catedral de Manzanares, cuando ella era niña, caminando entre montones de gentes mayores, perdida entre el bosque de sus piernas, se guiaba por el color del vestido de la abuela para no perderse. La catedral es inmensa, el parque en desnivel tiene la forma de un anfiteatro, allí le pedí a Hernando que hiciera su saludo a la región y él jugó a hacer un discurso evocando gentes notables de esa tierra.

"Yo te saludo, Bernardo Arias Trujillo, que fuiste de ebriedad en escándalo los breves años de tu vida, que escribiste una novela, *Cuando cantan los cisnes*, y otra a la que llamaste simplemente *Luz*, y otra que llamaste *Muchacha sentimental*, todas antes de cumplir los veinte años; que tuviste el valor de vivir tus pasiones y contarlas con impudicia en plena juventud; que andabas por las dársenas de Buenos Aires con Federico García Lorca en el año 33, y dejaste bien grabado tu nombre en la memoria de este país desmemoriado con tu novela *Risaralda*, antes de darte al beso fatal de la morfina a punto de cumplir los treinta y cinco. Y a ti también: Sergio Trujillo Magnenat, a tus dibujos elásticos y misteriosos, a tu fascinación con el arte europeo de entreguerras, que supiste adaptar los lenguajes del crepúsculo de Europa a las mañanas coloridas del mundo ecuatorial".

Hernando había presidido un ritual en la selva de Florencia esa misma mañana. Formamos un gran círculo antes de entrar en la selva y él convocó a las orquídeas y a las víboras, a los seres del agua y a los seres del viento, al grillo de siete colores y a las ranas doradas, a los grandes báculos episcopales de los helechos verdaderos y a las flores magenta de los cielos quemados. Había desafiado sus dos infartos subiendo la pendiente llevado por muchachos vigorosos hasta las grandes cascadas de helechos del monte, y tenía como siempre mil cosas que contar del Viejo Caldas de sus padres y de sus abuelos.

Después de recorrer la catedral de arcos blancos fui con Andrea, Nicolás y Martín a buscar algo de cenar en los restaurantes que miran al parque inclinado, y Mario se sentó solo en un café a ver pasar las gentes por los andenes donde ya estaban encendidas las lámparas. En ese momento recordé lo enfermo que había estado hasta hacía poco, lo débil que estaba todavía, el esfuerzo inmenso que hizo para desplazarse hasta la selva de Florencia y para acompañarme por la ruta de regreso, pues yo había prometido mostrarle Guayacanal, la tierra de mis abuelos, las casas donde vivieron y donde transcurrieron setenta años de historias de la cordillera, desde la colonización antioqueña hasta la violencia de liberales y conservadores del medio siglo.

También para escuchar todo eso hizo el milagro de venir desde el Valle hasta las montañas que creyó no volver a ver nunca. Pues si yo por fatalismo temí no llegar nunca a Manzanares, él pudo pensar en sus días de angustia que el mundo que amó con desesperación desde la infancia se había ido de sus ojos para siempre. Como un momento más de su resurrección, había convocado a los muchachos del Catatumbo y de las barriadas de Medellín, de Cartagena y de Cali, de Buenaventura y de Tumaco, del Cocora y del Caquetá, para rendir tributo a la enorme reserva vegetal, a la selva mayor del centro del país, y hablar de la necesidad de sembrar otra vez los millones de árboles que está talando el hacha del tiempo sin memoria.

Pasando frente al café, me dije con extrañeza: "Estoy en Manzanares". Enseguida lo vi allí, solo, mirando el país que se nos deslizaba entre las manos, el viejo planeta que se nos está escapando como la arena en el puño cerrado, y entonces advertí que estaba oscureciendo: cuando retomáramos la ruta se iban a apagar las últimas luces sobre el cañón del Guarinó y cuando pasáramos el puente que separa a Caldas y al Tolima, o que los une, y apareciera por fin Guayacanal, ya no habría nada que mostrarle porque la noche, y acaso la niebla, se habrían cerrado sobre las montañas.

En las montañas del norte, en Antioquia, años antes de la rebelión de la Independencia, un enviado visionario de la corona comprendió que el único modo de prevenir conflictos futuros era repartir parcelas entre los paisanos pobres. El orgullo de una tierra propia los hizo arraigar en el mundo, nutrió su confianza en sí mismos, y quién podrá decir si no fue esa ventaja lo que encendió el deleite con la lengua que hizo de esas regiones las más expresivas y traviesas de la cordillera: nada como ser dueños de un pedazo de patria. Si en las regiones llanas nadie era igual a nadie, si era notable la diferencia entre señores y siervos, entre amos y esclavos, en estos montes de desniveles y hondonadas, de sorpresa y peligro, siendo tan diferentes casi acabaron por sentirse iguales, todos hablaban igual, todos comían lo mismo. De ese semillero de vidas sembradas en un suelo difícil, nació un modo de ser y nació un mundo.

Pero la tierra repartida no bastaba. Las familias eran tan numerosas, se tomaron tan en serio la promesa bíblica de las arenas del mar y las estrellas del cielo, que las parcelas resultaron pequeñas. Engendraban muchos hijos para que ayudaran en la labor dura de las fincas, pero al final no había espacio ni oficio para todos, no cabían en la mesa, los hijos peleaban como en un ritual con el padre y se iban a buscar lejos su propia tierra, porque los muchachos aman la aventura. Una cosa sabían: el suelo que bastó para los abuelos no podía dividirse más entre los nietos. Y tal vez sabían otra: que había mucha tierra hacia el sur. El país era inmenso, y aunque fuera arduo explorar y poblar, allá estaba el futuro.

Buscando un suelo propio, salieron desde mediados del siglo XIX. Pero pronto iban a descubrir que si al sur todo era monte virgen, eso no significaba que estuviera sin dueño: desde cuando llegaron Dios y el rey, aquí todo palmo de tierra tuvo amos y señores. Por ese sur que iban explorando, doscientas mil hectáreas le habían sido entregadas a Felipe Villegas, y más allá todavía quinientas mil hectáreas le fueron concedidas a un amigo de la corona, José María de Aranzazu, con la condición de tender un camino que uniera las montañas de Antioquia con el valle del Magdalena y con la sabana de Bogotá. Ni siquiera en tiempos de los indios alguien soñó con un camino tan largo entre reinos distintos, sobre montañas tan fragosas, entre selvas tan tupidas y bajo cielos tan inclementes.

Pero es más fácil prometer que cumplir. Medio siglo estuvo esa extensión en manos de aquella familia sin que se viera el camino, la única razón de la dádiva. Les dieron un país a cambio de un camino que no empezaban a trazar jamás. Vino la guerra de Independencia; Bolívar y Nariño y sus jinetes fantasmas vencieron en todas las batallas a los escuadrones del rey, y el último navío español zarpó llevándose a los últimos señores peninsulares, pero los Aranzazu, en el penúltimo momento, por algún malabar ingenioso, se unieron a las tropas libertadoras ayudándolas con oro y pertrechos, y pudieron seguir siendo dueños de las diez mil montañas, de modo que medio siglo después seguían reinando sobre media república.

Primero se acabó el poder de la corona que el poder de los Aranzazu sobre la inmensa tierra que sería Caldas. Las doscientas mil hectáreas de la concesión Villegas al fin se convirtieron en las poblaciones de Sonsón y de Abejorral, pero las quinientas mil de Aranzazu permanecieron en manos del viejo José María, y después su viuda se esforzó por conseguir que la inmensidad le fuera reconocida en sucesión al joven Juan de Dios Aranzazu, ya bien instalado entre las potestades de la nueva república, y nada fue distinto hasta cuando los colonos vinieron con sus mulas tercas, sus palas torcidas y sus machetes mellados, a sembrar ranchos endebles en el rostro del paraíso.

El monte estaba lleno de criaturas silvestres. Saltaban monos en los árboles, bandadas de loros bajaban discutiendo sobre las arboledas, guatines rayados se escondían a la sombra de los helechos, al atardecer pasaban comadrejas de cola pelada, la bolsa llena de sus crías, una pareja de zorros amarillos huía al menor ruido, algún gato de monte lo miraba a uno desde las ramas de un guamo, esas sombras en el ramaje no eran nidos grandes de pájaros sino perezosos quietos en la altura, y aunque los sembrados y las quemas iban expulsando a serpientes, lagartos y arañas hacia tierras más salvajes, a veces una coral asustada picaba a una res en la maleza. El monte estaba horadado de túneles de armadillo y también de otros túneles: los que cavaban llenos de esperanza los colonos buscando tumbas de indios. Allá volaban rectos los gavilanes en la hondonada, pero menos majestuosos que los buitres, que los negros gallinazos de vuelo simétrico y perfecto. A veces sobre la cabeza de un gavilán picoteaba un sirirí mortificante, tirano melancólico, y en el tejido de ramas donde colgaban nidos de arrendajos se detenía de pronto un barranquero, al que llamaban soledad, no porque nunca fuera acompañado, sino por su costumbre de permanecer quieto mucho tiempo en las copas de los árboles, una suerte de quetzal con un antifaz negro en torno a las brasas de los ojos, y cuya cola es un par de largas plumas azules que lo distinguen de todos los pájaros.

8

Esas tierras habían vencido al mayor vencedor de los indios. A mediados del siglo XVI el conquistador Jorge Robledo, que sometió a los quimbayas, a los bugas, a los pantágoras, a los amaníes, a los cuiscos, a los carrapas, a los péberes, a los nutabes, a los nares, a los iracas y a los catíos, fue derrotado al fin por los abismos y los ríos, por la niebla y el vértigo, y por los propios españoles. Dejó las vertientes conquistadas en nombre de Sebastián de Belalcázar, quien a su vez venía en nombre de Francisco Pizarro, y cabalgó hacia el norte, buscando, como siempre, un tesoro. Era el tesoro de Hervé, del que hablaban los nativos.

Tras recorrer todo el cañón del Cauca, arrasando pueblos, abriendo tumbas, tendiendo puentes de guadua sobre las aguas torrenciales, degollando caballos despeñados, fundando poblaciones, solo cuando llegó a las sierras de Ayapel, que bajan al extenso país de las ciénagas, un indio le reveló que la verdadera ruta del tesoro había quedado atrás, inexplorada a mitad del camino, junto a la cumbre blanca del Cumanday, que fue después para nosotros el Nevado del Ruiz. También le explicó que ese tesoro era imposible: estaba refundido en las regiones más frías y escarpadas, custodiado por tres volcanes, cubierto por capas de hielo, suspendido en las paredes de piedra de la montaña, y vigilado por los cóndores.

Sin duda quería desanimarlo, pero esas eran las aventuras que le gustaban a Robledo, de modo que decidió dar media vuelta para emprender la búsqueda desde la loma del Pozo, donde poco antes una lanza india lo sumergió semanas enteras en las pesadillas de la fiebre. Se dijo que ahora, en vez de volver al sur hacia Santa Ana de los Caballeros de Anserma y San Jorge de Cartago, las poblaciones fundadas por él mismo, se desviaría a la izquierda para ir a buscar los macizos de hielo.

Acababa de tomar esa decisión cuando cayó sobre él una tropa de hombres feroces que venían devastando las planicies de ciénagas de los zenúes bajo el mando de un varón implacable, Pedro de Heredia, que en una pelea en España había perdido la nariz y a quien los cirujanos se la habían remplazado por una horrible rosa de carne.

Heredia lo envió cargado de cadenas a España, pero no malició que Robledo era un crisóstomo: tenía labios de oro, y embelesó a la corona con leyendas doradas de los calimas y de los quimbayas, con el recuento de sus aventuras entre los ceibales y las madreviejas de Cali, de los bosques rojos de cámbulos gigantes del Cauca, de los panes de sal y los árboles blancos de garzas, de caimanes y tigres, de los indios ebéjicos, ceremoniosos y ricos, donde mandaba el más valiente, de los tatabes de Cerro Blanco, que vivían con sus familias en lo alto de los árboles, de los coris, que no toleraban jefe alguno, y entre los que estaba prohibido mandar, y con cada cuento parecía que le iban quitando un eslabón a la cadena que arrastraba. Al fin el propio Felipe II lo cargó de collares preciosos, lo nombró mariscal, le dio una dama fina de la corte como esposa, y lo devolvió a las Indias para que concluyera sus conquistas descubriendo el tesoro de Hervé, en la región de los muros de hielo.

Y Robledo volvió a las aguas del Caribe con una dama de la aristocracia y un cortejo de servidumbre como no se había visto en las Indias. Dejó a María de Carvajal viviendo como una reina en las playas azules de Coveñas, y se fue con una tropa poco numerosa a tomar posesión otra vez de sus ciudades a la orilla del río, a disputarle a Belalcázar la gobernación de los valles y cañones del Cauca, pero sobre todo a emprender el camino del Cumanday y encontrar el gran tesoro cautivo del hielo, remontando la llanura inclinada, el tesoro cuyo nombre está escrito en la cresta monstruosa de la montaña.

Y allí se le torció el destino, porque el hombre que lo había enviado a conquistar no aceptaba que se hubiera hecho nombrar gobernador del cañón del Cauca, en tierras que según él le pertenecían. En el sitio preciso donde una lanza india le recordó un tiempo antes su condición mortal, lo alcanzó Belalcázar, y sin el menor respeto por los collares de Felipe II ni por el título de mariscal ni por los parientes ricos de su mujer, aquel capitán rencoroso asesinó a Robledo y dejó la calavera clavada en una estaca, mirando entre la niebla su reino perdido.

Pero Belalcázar tampoco pudo llegar al tesoro: muy pronto la viuda de Robledo se encargó de poner en su contra a la corona. Y cuando esos varones feroces fueron vencidos por su mismo mundo, las selvas que dejaron despobladas se cerraron sobre las tumbas de los indios, y así estuvieron mucho tiempo, mucho tiempo, hasta cuando los Aranzazu reclamaron al rey el regalo de los reinos vencidos, y se cambiaron en ojos vigilantes y en cercos de arcabuces para impedir que las gentes volvieran a poblar las montañas.

Pero detrás de los primeros colonos vinieron otros, cada vez más necesitados, menos dispuestos a permitir que unos cuantos sicarios le negaran a la humanidad un lugar en ese reino virgen, inmenso, difícil pero hermoso, donde un pedacito de tierra podía ser toda una vida para generaciones laboriosas y humildes. "En algún lugar nos quedaremos, en algún lugar tendremos nuestros hijos y sembraremos nuestros huesos". Y esa convicción se hizo mayor a medida que iban naciendo los hijos de la travesía.

Volvían a decirse que los dueños no habían comprado aquella tierra, que la habían recibido tiempo atrás de manos de un rey que nunca cruzó el mar, un señor vestido de negro y con el privilegio de mandar sobre un territorio al que no visitaría jamás. Ese monarca disponía de las tierras inimaginables del otro lado del mar como si fuera Dios mismo, y los señores de Aranzazu, marqueses y condes desde las edades oscuras, engrandecidos en el país vasco donde se les apareció la Virgen entre espinos, endurecidos en la guerra y curtidos en la política, tampoco habitaban esas montañas: las tenían atadas por títulos, con poder para explotar las minas de oro y de plata, de mercurio y de sal. Siendo los amos de los guaduales insondables y de los pájaros infinitos, del mono y la serpiente, de los ríos y las cumbres de nieve, parecían dueños también del cráter de los volcanes y de la lava de las profundidades, de la niebla que ciega el mundo y de los terremotos que cada cierto tiempo hacían estremecerse como la piel de un caballo el lomo verde de la cordillera.

Nadie pensó inicialmente que estas montañas sirvieran para cultivar más que el pan de cada día: mazorcas de todos los colores como alimento y medicina, plátanos africanos en racimo, papas de tierra fría que son como manzanas subterráneas, varas de caña dulce para alimentar los trapiches. No iban buscando tierras de cultivo. Buscaban oro: el oro de las minas que hizo la riqueza y la perdición de Santa

Fe de Antioquia y de Buriticá, de Marmato, de Almaguer y de Barbacoas, las galerías subterráneas que iluminaron siglos de fiebre y de locura, pero también un oro más escondido y más misterioso.

Se abrieron paso a machetazos por selvas que borraba la niebla, perforaron tapones de guaduales tupidos que reventaban al golpe del metal y botaban agua como cántaros, aprendieron al filo del hambre el sabor de unas bestias sin nombre, pájaros madrugadores les dieron sus canciones, y se adiestraron en socavar el suelo no para sepultar cuerpos queridos sino para desenterrar muertos desconocidos, osamentas casi deshechas coronadas de oro, rezadas con collares y pectorales. La tierra estaba en el primer día de la creación, todo parecía intocado por la historia, pero nadie ignoraba que antes de los cultivos y de las enramadas, antes de los colonos y antes de los ejércitos brutales de los conquistadores, en estos miles de montañas hubo reinos y dioses.

Atendiendo el llamado de las hondas selvas, avanzaban hablando de otros expedicionarios que antes de ellos cruzaron con grandes sufrimientos guaduales que duraban provincias enteras, y fundaron por fin a Manizales en algo que era casi un abismo. Si el país de ese tiempo necesitaba ante todo caminos, nada era más difícil de hacer. Un antiguo mayordomo de los Aranzazu, Fermín López, a la cabeza de una legión de sombras, había avanzado también disputándole al hambre cada palmo de tierra y fundando poblados que al día siguiente destruían los esbirros de la concesión.

La concesión estaba en todas partes: no había loma donde se detuvieran, monte que exploraran, río en que se bañaran siquiera una tarde, explanada surcada para sembrar frutales y maizales, donde no aparecieran los enviados que venían a decirles que esa tierra, nueva como el paraíso, tenía dueño hacía mucho. Jinetes armados procedían a expulsarlos, primero en buenos términos, pero luego, si era preciso, y casi siempre era preciso, incendiando los ranchos y argumentando con plomo y con sangre.

"No puede ser", se decían, "toda esta enormidad de árboles incontables donde se caen de podridos los frutos, poblada solo por monos y por pájaros, no puede pertenecer a un único dueño". Pero además el dueño infinito no tenía cara ni cuerpo, sino una legión de bandidos a sueldo listos para impedir que la humanidad necesitada y hambrienta gozara de los bienes del mundo.

Fermín y sus sombras habían buscado, por el río Arma, por la banda de minas de mercurio y de sal, por laderas hondísimas y pendientes que quitaban el aire, por crestas luminosas y nieves borrosas de bruma, hallar por fin una región sin dueño, pero tarde o temprano aparecían los hombres de la concesión. Fundaron temprano una aldea en lo que sería después Salamina, pero los obligaron a huir enseguida. Otros se asentaron en San Cancio, en la última frontera de Antioquia por el sur, pero tuvieron que escapar al amanecer, dejando atrás, en la niebla, los ranchos en llamas.

9

Después de casi un siglo de habitar la república, después de dos siglos de quietud colonial y de misas latinas, y borrada la sangre de un siglo de conquistas salvajes, nadie sabía hablar de esos miles de años de los que eran testimonio las tumbas de oro. Aprendieron a verlas como milagros misteriosos, dádivas de la suerte en las que solo el oro era importante. Los huesos y los cántaros no cabían en ningún recuerdo, no llenaban ninguna expectativa y se arrojaban al olvido. Apenas había tiempo para luchar el pan de cada día, campos reverdeciendo con las lluvias, soles y tempestades, los mismos días grandes en los mismos barrancos, y aun así, por caminos trillados, la sensación oscura de estar en un país desconocido.

Los amos del mundo no se dejaban ver de los simples mortales, pero aquella gente pobre y famélica, que iba errante por las interminables montañas, descubría que todo lo que pisaba o tocaba o veía era la sombra de los Aranzazu. ¿Cómo podían haber comprado un país tan grande, tan misterioso y tan vivo?; ¿cómo podía una persona o una familia ser dueña de toda la cordillera, de millares de toches y serpientes, de árboles que respiran niebla y guaduales que alimentan cañadas, de abismos pedregosos, de cascadas espléndidas, y de las mil montañas forradas en selvas que vuelve azules la distancia?

A veces los dueños consentían por fin la fundación de algún pueblo. Y sobre los cañones se alzaban Aguadas o

Salamina, pues eso valorizaba más sus dominios, pero no iban a permitir que la gente poblara los campos. En cambio, sí les convenía que antes de ser expulsados los colonos tumbaran el monte: era un buen argumento, para confirmar la propiedad ante los jueces, que la selva no estuviera intacta. Y los colonos seguían adelante.

Era difícil avanzar. En regiones tan húmedas la maleza se cerraba a su paso, el camino apenas trazado desaparecía tras ellos como si hasta las hierbas quisieran decirles que no había regreso. Aquí y allá preparaban parcelas, enterraban semillas, los cultivos prosperaban, los árboles abatidos y labrados a cuchillo se volvían enramadas, y los aventu reros eran muchos ya, provistos de machetes, algún azadón, alguna pica, cosas que eran herramientas pero igual podían ser armas, cada vez más necesitados de defender sus cultivos y sus ranchos, hasta que por fin un día les preguntaron a los hombres que venían a hostigarlos con quién se podía hablar para llegar a un trato sobre la tierra, y de alguna boca surgió el nombre de Elías González.

Al menos existía alguien con cuerpo y rostro: ese señor González del que acababan de hablarles los capataces. Los colonos buscaron a Elías por cumbres y cañadas, bajo las piedras de los ríos y en las raíces de los troncos, en las flores con forma de pájaros de las heliconias y en el penacho de las palmas de cera, y un día lo encontraron por fin en su casona de Salamina. Parecía increíble que un ser que había visto alguna vez a un Aranzazu, que acaso podía hablar con el mismísimo señor de Aranzazu, viviera en este suelo y existiera la posibilidad de hablar con él, de preguntarle por su jefe, de enviar con él algún recado a los amos del mundo.

Elías era en realidad uno de los señores de Aranzazu, era el tío materno de Juan de Dios, y aunque accedió a pensar en una solución para el problema de la tierra, siguió enviando sicarios a quemar ranchos y a expulsar colonos. Les prometió hablar con los abogados de la concesión para encontrar una fórmula, pero siguió hostigando y persiguiendo, llenando de incendios las noches y manchando de rojo las cañadas. Hasta que un día un grupo de colonos vio pasar al cortejo de Elías por las vegas de Neira. Fueron en grupo a increpar al vocero, o al menos a exigirle que los llevara ante el gran señor, ante alguien capaz de resolver sus demandas. Elías les respondió con arrogancia: no permitiría más invasiones, primero acabaría con todos ellos antes que la tierra cambiara de dueños, y finalmente les gritó que el señor de Aranzazu no les daría la cara jamás.

Y allí, en el propio puente de Neira, ante los bosques florecidos de la concesión, uno de los colonos no soportó la humillación de los asedios ni el recuerdo de los crímenes; ya estaba hastiado de esas postergaciones sin fin y se alzó contra el poderoso González, sin importarle que fuera un rico propietario o un héroe de la república, un triunfador de las guerras civiles o el principal socio de la gran concesión, o que tuviera parientes y amigos en el Congreso, en la meseta central donde estaba instalado el gobierno. Y este hombre hizo lo que nadie imaginaba. Un pobre colono desesperado, sin pan y sin techo, en un rapto de cólera, disparó contra Elías González y convirtió en una sombra al dueño del mundo.

En ese momento comenzó la guerra. Elías González no solo era el rostro visible de la concesión: tenía minas de sal en Salamina, era dueño también de llanos de tabaco en Mariquita, y había emprendido la tarea más delirante y más necesaria de aquel tiempo y del país que fuimos: obedecer a la promesa que el primer señor de Aranzazu le había hecho al rey, y sus hijos a los fundadores de la república, la deuda que llevaba medio siglo sin ser pagada: tender por fin un camino desde las montañas ciegas hasta el río Magdalena.

Cumpliendo el viejo compromiso que justificaba sus inmensas propiedades, lograría también su objetivo personal, que era unir dos haciendas que parecían pertenecer a países distintos. Para ir de Salamina a Mariquita podían trazarse varios caminos, y uno es el que siguieron mis bisabuelos a lomo de mula pasando por San Félix, bordeando la selva de Florencia, viniendo por los riscos de Marulanda, por Manzanares y por el abismo luminoso de Aguabonita hasta Guayacanal y hasta Fresno. Pero el camino grande que abrió Elías González pasa por Manizales, cruza la cordillera Central orillando el Nevado del Ruiz, que cubre de blanco los volcanes activos, atraviesa el páramo de Letras y desciende por Herveo, hasta las grandes paredes de piedra y los abismos inundados de niebla que dejan ver muy abajo al oriente el valle del Magdalena. Recorre un país de bosques espesos y oscuros, con hojas dentelladas gigantes, provincias densas de secretos bajo lluvias eternas. Abrirlo significó penalidades enormes por los deslizamientos de lodo y piedras, por las raíces, las rocas, los días ciegos de niebla, los vientos que aúllan, los tormentos del cuerpo, no para Elías y su ilustre familia, sino para los miles de peones y de prisioneros en trabajos forzados que tuvieron que afrontar el abismo y taladrar la montaña bajo el soplo negro y mordiente de la helada hasta las tierras floridas de Guarumo y de Fresno, llegando al fin a la llanura encendida. Era la idea de un hombre para unir territorios separados por la gran cordillera y por el rigor de los climas, pero también para unir sus propiedades y adueñarse del comercio central del país.

De modo que la noticia de la muerte de Elías González, vocero principal de la Sociedad González Salazar y Compañía, tío materno del presidente Juan de Dios Aranzazu y primo del poeta Gregorio Gutiérrez González, tomó el camino que él mismo había trazado: salió de Neira a lomo de mula al atardecer, enlutó a Manizales, remontó la cordillera adelantando a los cientos de bueyes que bajaban la carga, llegó al alto de Letras, donde todo está inmóvil en el frío del páramo, frente a lo que fueron las nieves eternas del Ruiz, miró abajo donde la niebla se abre y deja ver la vertiente oriental, bajó por los peñascos de Cerro Bravo, entre murallas negras y precipicios de niebla, pasó bajo cascadas bordeadas de hojas enormes, resbaló por la piedra y el musgo, la tiniebla y el limo, cabalgó contemplando la misteriosa llanura inclinada, por los barrancos rojos de Petaqueros, por las colinas de Fresno, llegó a San Sebastián de Mariquita y luego al puerto fogoso de la ciudad colonial de Honda, en cuyas chalupas remaba siempre un tropel de bogas indios sobre raudales verdes de caimanes, y todavía remontó a lomo de caballo la otra cordillera, para llevar las alarmas del duelo y los presagios de la guerra hasta la sabana de Bogotá.

Y el parlamento se vistió de luto, y las banderas fueron atadas con cintas negras y crespones a media asta, y las campanas de la ciudad lluviosa tocaron a duelo una semana, pero el Congreso de los Estados Unidos de Colombia, advertido de la guerra que estaba estallando en las montañas, comprendió que ya no podía aplazarse más tiempo la intervención de los poderes centrales, y tras largas jornadas de discursos reforzados con citas de

Cicerón y de Virgilio, de santo Tomás y del padre Vitoria, decidió dividir la concesión Aranzazu en dos partes: distribuir cientos de miles hectáreas entre los colonos, pero en cumplimiento del sagrado derecho de propiedad, dejar cien mil hectáreas en manos de quienes fueron sus legítimos dueños desde cuando los reyes dispusieron del testamento de Adán.

10

Benedicto y Rafaela, mis bisabuelos, eran primos entre sí, y eran muy jóvenes cuando salieron de Sonsón, entre centenares de colonos que buscaban tierra para sus vidas. Gentes de la familia habían viajado décadas atrás a explorar las regiones del sur, y Benedicto no hizo más que seguir el ejemplo de sus tíos y sus primos. Después supimos que entre los fundadores de Neira y de Manizales estaban cuatro de ellos: Francisco, Ignacio, Nicolás y Silverio Buitrago.

Ellos no podían saberlo, porque aquí los rastros se pierden muy pronto, se borran con la niebla y nadie guarda el recuerdo de sus mayores más allá de dos o tres generaciones, pero eran como esos antepasados que cruzaron el mar y se metieron por selvas desconocidas; también un espacio virgen los llamaba, la ansiedad de la sangre seguía siendo la misma que arrojó a sus abuelos siglos atrás hacia las borrascas marinas, dejando para siempre quién sabe qué mundos, qué cenizas benditas que volvían en los sueños, qué llanos pavorosos empedrados de huesos.

"Compraron la tierra de los indios con el oro de los indios", le dije a Mario saliendo de Manzanares hacia el cañón. "Mi bisabuelo Benedicto le ofreció al hombre que decía ser dueño de estas montañas varias cuartillas de oro, cajones de madera llenos de narigueras y brazaletes, poporos y pendientes, y con el oro de las tumbas compró para vivir un lugar en el mundo".

CEDULA DE CIUDADANIA   Nº 67827

Benedicto Buitrago Val...
_...no._

AL PERMANENTE Nº _490_

SERIE

Estatura _66_

color _sobresano_

Labios _Regulares_

color _Castaño Claro_

forma _ovalada_

cara

manos

CCIONES EN QUE PUEDE TOMAR PARTE:

3ª Para Concejeros Municipales....

4ª Para Presidente de la República....

e del Jurado Electoral,

El Secretario, _Elias Ospina_

Llevaban muchos días, él y Rafaela, al lomo de las mulas, mareados por los desfiladeros, precedidos por un golpear de hachas y machetes, y mientras él acumulaba los objetos de oro de las tumbas, ella trataba de impedir que los peones derribaran por gusto los colores más vivos de los árboles. Entraban en la noche comiendo guatines asados que saben a cerdo salvaje y comiendo armadillos de coraza dorada hasta que un desconocido les dijo que contagian la lepra.

Benedicto buscaba oro, pero nunca pensó en bajar como peón a los socavones. Rafaela solo quería una casa, ver crecer a sus hijos en tierra propia. Dejando atrás los pueblos ya fundados se arriesgaron por montañas más bravas, y cuando llegaron al cañón del Guarinó, desde la hondura, junto al río, donde quedaban restos de una inexplicable ermita calcinada y en ruinas, vieron la pendiente de la montaña con sus raudales, una comarca opresiva y como embrujada, y entonces apareció de ninguna parte aquel hombre diciéndoles que el terreno estaba en venta, que a partir de allí ya no era dominio de la concesión, que del río para arribapodían abrir los montes, fundar haciendas, disponer sembrados.

Todas las sierras antes del río eran del dueño grande, o ya estaban en manos de los colonos. Por eso cuando aquel hombre les dijo que el lugar estaba disponible, miraron la pendiente con desaliento, pero eran tan bellos los árboles, tan espesos los montes y tan prometedores los cúmulos del atardecer, que bendijeron la tierra bajo sus pies.

Benedicto al comienzo lo vio con desconfianza. "Yo sí busco tierra", le dijo, "pero esto más parece una pared. Es un desfiladero, un abismo". "Será un abismo, pero es bello", dijo inesperadamente Rafaela, porque en ese momento comprendió que no podían avanzar más: no quería ver a su marido sumergido en las minas, no quería volver a su tierra de origen, en cierto modo habían llegado al fin del mundo. Aceptaron explorar esos campos y pronto comprendieron que aunque fueran arduas las vertientes, la montaña tenía asientos donde hacer cultivos entre los bosques. Entraron por el fondo del abismo, pero el cañón era bello cuando se lo miraba desde la pendiente, y era espléndido y abrumador visto desde las altas cuchillas.

Benedicto pensó en seguir la búsqueda: un paisaje hermoso no era suficiente para plantar la tienda. "No viviremos de saludar bandadas de loros ni de mirar abismos de niebla ni de ver el color de los sietecueros", le dijo a Rafaela, pero ella había encontrado su nido. A veces recordamos el futuro, y ella tuvo a ojos cerrados o en sueños el recuerdo de cosas que habían ocurrido mucho tiempo después. "Parece tierra de indios", dijo con intención, sabiendo que eso pondría a soñar a su marido, y se ocupó de otro asunto. Esa misma noche, a cambio de esa tierra, Benedicto le entregó al misterioso vendedor todas las piezas de oro recogidas por los caminos.

Era un febrero luminoso y sin lluvia, y Benedicto vivió un mes de ansiedad sin contárselo a nadie esperando la Semana Santa, porque creía en la leyenda de que los viernes santos la montaña daba indicios de dónde estaban las guacas de los indios. No sería mal negocio si el suelo resultaba estar lleno de tumbas de oro, y bajo la espuela de esa ilusión cambió por media montaña el oro que traía en sus cuartillas. Se plantaron allí, sin pensar en cercar siquiera, contratando como peones a algunos amigos de la avanzada, repartiendo parcelas pequeñas entre los parientes.

El primer trabajo fue explorar aquellas extensiones para conocer sus recursos. Donde veían montes vírgenes dejaban la selva intocada, donde había llanos y declives talaban y sembraban. Identificaron las fuentes de agua, de los pozos de arriba sacaron canales de guadua que sostenían sobre estacas, para bajar el agua a los asientos. Creían estar todavía en Antioquia, pero la montaña tiene muchas caras y es fácil confundirse. Dejaron atrás las regiones de reparto, los pueblos de los colonizadores, pero la gran concesión no solo se dilataba por el norte, hasta la selva de Florencia, en vertientes que descienden al valle del Magdalena, también abrazaba al Tolima por el occidente.

A veces no era necesario moverse para estar ya en otra parte, pues los políticos movían las fronteras. Las montañas de Manzanares, Victoria y Marulanda hoy pertenecían a Antioquia, mañana a la provincia de Mariquita, más tarde al estado soberano del Tolima, y al final formaron parte de Caldas, el departamento que estaba naciendo. Tal vez por eso unas provincias tan familiares terminaban pareciéndonos ajenas e inaccesibles. Pero lo cierto es que detrás del Nevado crecía ya una ciudad.

Pronto Benedicto descubrió algo de lo que no tuvieron noticia en los primeros días. Fue después de las lluvias de abril, cuando remontaron la cuesta para reconocer las tierras altas, los linderos del sur. En el filo superior estaba un tesoro que el hombre que les vendió la propiedad ni siquiera les había mencionado: el camino que Elías González hizo trazar a sus peones y a los presos forzados, para unir sus haciendas de Salamina con sus tabacales de Mariquita. "Yo creí que estábamos comprando una hondonada ciega lejos del mundo, y ahora descubro que tenemos en la cresta de la montaña, un par de horas arriba, el camino que lleva a Manizales", le dijo a Rafaela esa noche.

El desfiladero que compraron como el fin del mundo orillaba un sendero que en las décadas siguientes se convirtió en el camino más importante de la república. Un papel amarillo con sellos, que más tarde firmaron en las oficinas del gobierno en Fresno, los hizo dueños del costado sur del cañón, desde la honda melena de guaduales del río hasta las cuchillas de niebla. Apenas podían esperar que esa tierra sirviera para cultivar caña y maíz, y Benedicto se resignó a ver pasar por un costado las largas recuas de mulas de los tratantes de mercaderías, pero pronto llegó la noticia de que los colonos de Manizales habían encontrado una planta que se daba bien en las laderas de la montaña, y cuyos frutos empezaban a desvelar al mundo: las antiguas selvas de la concesión se estaban desbrozando para sembrar café.

A la sombra de los carboneros de ramas aéreas, de guamos corpulentos, de plátanos de racimos encorvados y hojas del tamaño de un hombre y haciendo retroceder los guaduales hacia los cursos de agua, el paisaje se iba llenando de cafetales abovedados, y los hambrientos buscadores de oro se tropezaron con una riqueza inesperada. Benedicto hizo entonces el viaje por el camino de la Moravia para buscar la ciudad que se alzaba detrás del volcán, para ver las montañas cubiertas de cafetos arábigos y, si era posible, traer semillas o chapolas de aquella planta milagrosa. Fue así como su tierra también se llenó de cafetales. La inesperada prosperidad que llegaba a las regiones del occidente dejó de ser un rumor para convertirse en una evidencia cercana. Cada año producían más café, y cada día el viejo camino de la Moravia se iba convirtiendo en algo más importante. El café cosechado en las montañas tenía que ser enviado al mundo, y el único camino posible era aquella cinta de vértigo que dibujó el encomendero con la sangre de sus peones.

En uno de sus viajes llevando una larguísima recua de mulas cargadas de sacos de café que se esfumaba en la niebla, y que debía apartarse con dificultad cada cierto tiempo para dar paso en los estrechos a las hileras de bueyes pesados de mercancías que ascendían hacia el páramo, un arriero les contó cómo fue la hazaña de abrir el camino entre Salamina y Mariquita, y solo entonces Benedicto y sus hombres comprendieron que esos suelos estaban amasados con sangre, y la niebla llena de peones y de mulas fantasmas.

Al comienzo el muchacho Benedicto, camisas blancas cerradas hasta el cuello y pies descalzos, sombrero aguadeño y machete terciado, ni siquiera pensó en tender cercas: no había vecinos. Sus linderos parecían ser los puntos cardinales, y se acostumbró a pensar que su propiedad limitaba abajo con el río, con el cañón pedregoso donde se alzaban las ruinas de la ermita, a la derecha con las paredes negras que suben hacia el páramo, arriba con el camino de bueyes de la Moravia, y a la izquierda con los aguacatales de gusanos floridos, que bajan como el río hacia la tierra caliente. Era una comarca agobiante pero era por fin tierra propia. En esas laderas cargadas de chuscales y helechos altos como árboles, donde al comienzo pensaron que no podrían cultivar nada, se veía a lo lejos la mancha dispersa y ceniza de los yarumos, los troncos eran verdes de musgos y de parásitas, en las ramas altas abrían muchas clases de orquídeas, y en los escasos días

de luz cegadora resplandecía en las faldas la mancha morada de los sietecueros.

Cada cierto tiempo el cañón amanecía de pronto iluminado de guayacanes amarillos, allí una mancha y otra y otra más lejos, árboles grandes que se vuelven una sola flor y llueven flores hasta formar en el suelo una sombra dorada. Sé que no fue Benedicto el que sembró los guayacanes y ni siquiera sé si alguien lo hizo. Tal vez la propia tierra decidió que aquellos cañones fatigantes les ofrecieran como premio al esfuerzo la gracia de esos árboles aumentando en verano la luz del mundo. Pero fue él quien la llamó Guayacanal.

11

Se sentían los primeros pobladores de esas lomas, porque antes ni siquiera el hombre que se las vendió las había habitado, pero abajo, en la garganta del río, estaba la ermita abandonada. Nadie supo decir cuándo fue construida, y los recién llegados sintieron ante ella el vértigo de lo desconocido. En esas tierras, el único vestigio de una vida antigua eran las tumbas de los indios. Pero encontrar de pronto sobre un peñasco restos de una ermita con arcos de piedra, vanos con santos de rostro borrado, una nave atravesada por rayas de luz, una piedra plana cubierta de musgo y alguna columna agrietada, fue motivo de asombro. Al comienzo ni siquiera se atrevían a entrar en las ruinas; después oyeron leyendas de visiones y de apariciones, y alguien rescató un día de una casona colonial en Honda, antes de que se la llevaran las avalanchas, el relato de cómo construyeron los conquistadores, tres siglos atrás, la ermita, para celebrar la derrota de los onimes.

Los rostros queridos se borraban en la distancia. Si dejar lejos a padres y abuelos era una pérdida dolorosa, era también una costumbre, y al fondo estaba el naufragio irremediable de las generaciones. Pero hay algo que debo decir de ese viaje de mis bisabuelos, y es que hace ciento treinta años no era necesario cruzar el mar para perder un mundo: también aquí en estas montañas el que se iba prácticamente se iba para siempre. Eso que hoy casi no conocemos, la ausencia, era en aquellos tiempos verdadero y muy triste, aunque de modo misterioso las cosas podían volver.

Cuando llegó a las fincas del Tolima y de Caldas, y a los oídos de Rafaela, la música festiva de Guillermo Buitrago, un muchacho flaco y rubio que cantaba con voz campesina los aires alegres del Caribe,

La víspera de año nuevo
estando la noche serena,
mi familia quedó con duelo
y yo gozando a mi morena.

no podían saber que esa música aliaba el ritmo desenfadado y conversador de las aldeas del Caribe con el sabor de los pueblos de Antioquia, y que ese muchacho fiestero era hijo de primos suyos que también habían emigrado, pero no a las selvas del sur sino hacia el resplandor de los litorales.

Te vengo a felicitar
con el cuerpo y con el alma,
año nuevo lo quiero pasar
contigo allá en la sabana.

Esa música estaba llamada a apoderarse del interior de Colombia, porque era testimonio de una alianza entre el mar, la montaña y el río. El país lentamente se iba tejiendo, aunque tardaran en dialogar el litoral del occidente con el llano, el Caribe con la selva, el silencio mitológico de los indios con la alegría melancólica de las cantoras negras. Cada quien criba una ausencia y se hace fuerte en ella. Rostros y nombres cada vez más perdidos volvían con cada nacimiento y con cada bautizo, pero los emigrados tenían que vivir el presente, y ni siquiera tumbas tenían para armar con reliquias la memoria.

Para saber cómo eran las personas ahora sirven las fotografías, pero entonces solo servían las palabras, y Rafaela existe tenuemente en las palabras de quienes la conocieron. Con curiosidad y con veneración escucho yo a las personas que conservan algún recuerdo suyo, y todos los días me reprocho no haber visitado todavía a Carlina, que se alejó de la familia hace ya tanto tiempo pero entre todos es quien guarda de ella los recuerdos más vivos.

Aunque no la vi nunca, Rafaela es uno de los seres más presentes en mi vida, la mujer alrededor de la cual hace ochenta años giraba una provincia. Y ahora, cuando lo pienso, creo entenderlo todo: el amor de Regina por tantos niños que nunca engendró, a los que supo criar y que la acompañaron hasta el fin, el placer de Liborio con los hechos sorprendentes y su memoria extraordinaria, el gusto del tío Carlos por las coplas, el amor de mi madre por las ciudades y su desvelo por la limpieza y el orden, la pasión de mi hermana por la danza, este nudo ciego entre mi culto por la tierra que nos signó el destino y mi ebriedad con los viajes, la dulzura de Clemencia, la laboriosidad de Ana, la sabiduría geométrica de tantas manos tejedoras, al parecer todo estaba ya en esa mujer invisible y magnífica que convirtió una región salvaje en la casa de todos.

Para saber cómo era Benedicto me bastan su obsesión por los entierros de los indios y la enorme montaña que hizo suya y repartió más tarde entre sus hijos. Pero para saber cómo era ella hay que leer las vidas de la gente incontable que pobló esas montañas. Solo tuvieron hijos

varones, ocho en total, pero después vinieron las multiplicaciones: diez hijos de Vicente, diez de Antonio, doce
de Pedro Pablo, once de Jesús María, doce de Benedicto,
más cuatro de Santiago, nueve de Rafael, cuatro de Luis
Enrique, son setenta y dos nietos, cincuenta de los cuales
la conocieron y la vieron vivir. Aunque más preciso será
decir que aprendieron de ella a vivir, y es posible que más
de quinientas personas todavía digan "Mamá Rafaela".
Porque en esta familia a las abuelas nunca les dijeron abuelas: nietos y biznietos, década tras década, siempre dijeron
Papá Benito y Mamá Rafaela. Una memoria guardada en
casas y en corazones que sigue lanzando en palabras y
sueños sus destellos de inmortalidad.

Hemos perdido tanto la veneración por los muertos y
el cuidado de su recuerdo, tanto hemos permitido que se
vayan en silencio por el río de las tumbas y no vuelvan a
darnos amparo ni consejo, que es necesario invocar a esos
que las generaciones mantuvieron presentes, no por alguna huella imperiosa o tiránica sino por el valor que sem-
braron, el sentido que dieron a la vida de todos. Ahora son
profusas las imágenes y están como desvalorizadas por su
propia abundancia, en cambio perseguimos las imágenes
viejas, cuanto más escasas y abismadas más valiosas parecen, devolviendo trozos de un mundo naufragado. Quedan
tan pocas. Y para verlos como eran a los veinte años casi
hay que tomar en préstamo los rostros de sus descendien-
tes: armar el rompecabezas con los ojos de uno y los rasgos
de otro, con el cabello de esa muchacha casi desconocida
que envía fotos desde Valencia o desde la Florida, los gestos de ese joven oficial de la armada que no sabe que está
repitiendo trazos antiguos, o de ese joven taxista de Atlan-
ta que nunca ha oído hablar de ellos.

Benedicto y Rafaela, y las gentes que venían con ellos, fueron los primeros en poblar la región después de tres siglos; buscaban minas de oro pero acabaron horadando las montañas para vaciar las tumbas de los indios. Con oro de sepulcros iban comprando tierras, aunque se las debían comprar al diablo mismo, pues todo eran selvas baldías, guaduales infinitos, caimos y carboneros vencidos de parásitas, chusques entre los árboles descomunales cruzados de lianas al sesgo, grandes lechos de musgo y un suelo de siglos de hojas muertas. Aserraban sin fin porque el monte tenía que darles todo: los árboles se convirtieron en casas de corredores y barandas, cabañas asomadas al vértigo, mesas pesadas y largas donde cabían muchos comensales, pilones cóncavos, camas firmes y sillas mecedoras, pero también en austeros ataúdes que navegaron sobre hombros y entre rezos hasta los cementerios de las colinas, en guitarras y tiples y bandolas, y en fogatas nocturnas que alimentaron años de cuentos de malicia y de miedo.

Yo ahora le agradezco al cielo que Rafaela estuviera cansada de éxodos y Benedicto se enamorara al fin de los arroyos y de las hondonadas, como nos enamoramos todos después de los raudales, de la niebla en los carboneros que vuelan sobre el filo del monte, de la prisa bulliciosa de las bandadas de loros y del silencio azul de los barranqueros. Con el tiempo aprendimos a ser esa tierra, ardillas de sus ramas y gavilanes de sus aires, aunque hayamos tenido que ser también el dolor de las avalanchas, el miedo de las emboscadas, las cruces de ceniza en los patios bajo el poder de las tempestades. Talaban tantos árboles porque la obra de Dios parecía inagotable, unos cuantos colonos no podían ser un peligro ante la prodigalidad de la naturaleza, pero medio siglo después las selvas del origen empezaban a desaparecer, las lomas cubiertas de pastos para los ganados habían perdido algo de su belleza, los duendes y las criaturas de la selva no hallaban ya escondite en los sembrados.

Vuelvo a mirar esta fotografía de años después, cuando Benedicto era casi un anciano, el bigote grande arqueado en las puntas, forrado el bisabuelo en paño negro, con su sombrero inglés, pero siempre descalzo. Mamá Rafaela está a su lado, delgada y borrosa al pie de un palomar, y los niños que asoman casualmente, sin saber que le están enviando su único mensaje al futuro en el instante en que alguien fotografía a sus abuelos, son los huérfanos de Santiago. Gerardo y Santiago. Gerardo pasaría enfermo sus breves años: algo faltó en el ritmo de sus procesos vitales. El menor moriría en Sevilla, también asesinado, al final de su adolescencia. Pero en este momento no sabemos si ya su padre ha muerto.

Yo sé que no es Tinilo el fotógrafo, Tinilo no llegaba todavía con su violín y con sus cámaras. Recuerdo que lo vi antes de su muerte, le pregunté por el archivo inmenso de sus fotografías que atestiguaron la vida de Fresno y de las regiones vecinas por décadas, y le conté que había un proyecto para recoger la memoria visual de esas tierras. "Llegaron tarde", contestó con tristeza, "yo guardé todo el tiempo posible esas imágenes, pero hace un año, cuando salí del pueblo, tuve que deshacerme de todo". No me atreví a preguntarle si las había quemado, no imaginé en ese momento, como lo estoy haciendo ahora, el fuego devorando casas y familias, bautizos y primeras comuniones, fiestas y funerales, rostros de niños pálidos ausentes, rostros de enamorados en los parques perdidos, esa muerte

silenciosa de incontables momentos. Lo que veo todavía es su rostro, como si lo fijara en mis pupilas la luz del incendio.

A finales de los años treinta no había todavía fotógrafos en la región. Este, sin duda, estaba de visita: se nota que no es alguien que hiciera fotos de estudio, ya que estuvo en los campos y pudo dejarnos esta imagen de los bisabuelos al comenzar la vejez. También pudo ser Rafael, que volvió alguna vez de Medellín a visitar a sus padres con esa cosa rara: una cámara fotográfica, y comprendió que era necesario hacer siquiera una fotografía de ellos en su tierra.

Y allí está Guayacanal, su primera imagen visible, como era en los tiempos en que se llevaron preso a Pedro Pablo, cuando apenas estaban construyendo la carretera, cuando después del aguacero la avalancha arrastró a Román Villegas, cuando Padua todavía se llamaba Guarumo, cuando empezaba a predicar La Santa por las montañas, por los días en que Rafael inició su carrera religiosa y en los mismos tiempos en que ocurrió el crimen.

12

Yo intentaba contarle a mi amigo que, entre las violencias de la colonización y la violencia del medio siglo, en esas tierras hubo setenta años de paz. Que a lo largo de setenta años, el tiempo que el rey David aconseja para una vida humana, el tiempo de tres generaciones para los historiadores, la vida fue normal en esas montañas del norte del Tolima. Esa es la explicación que yo encuentro para que Liborio haya pasado el resto de su vida recordando con tanta gracia y con tanta alegría todo lo que vivieron en Guayacanal, ellos y sus padres y sus abuelos.

Y debo decir esto porque mientras hacíamos ese viaje a la selva de Florencia y volvíamos por el cañón del Guarinó, Liborio se estaba muriendo lejos de allí, en su casa de Medellín, y con él iba a morir para mí la historia vistosa y completa de esos años de paz. En mis visitas yo hacía lo posible por preguntarle cosas que solo él sabía, como lo había hecho siempre, pero no quería hacerle sentir que se estaba muriendo, que la razón por la cual lo interrogaba era el dolor de que ese milagro de nombres y rostros y cuentos pereciera con él.

"Yo no me quiero morir todavía", me dijo con una sonrisa, "porque aquí hay mucho con quién conversar". Él se pasó la vida conversando. Nunca conocí a nadie capaz de relatar un mundo tan minuciosamente. De Padua, de La Aguadita, de Mesones, de Aguabonita, de Petaqueros y de Guayacanal nadie sabía tanto: en sus años

tempranos conoció a mucha gente, sabía quién vivía en cada casa, qué hechos habían ocurrido detrás de sus paredes, y sabía atrapar lo más vivo de cada cuento. Yo quería escribir todo aquello, pero mi vana escritura no podría rivalizar con ese talento narrativo que no estaba solo en los hechos y los personajes, en los detalles precisos, sino en esa diablura de las frases, el duende del estilo que todo lo volvía digno de memoria.

Hay algo en el habla local en todas partes que no se deja atrapar por la lengua común. Expresiones, cabriolas, reacciones momentáneas, aquí un silencio, allí una exclamación, allí un susurro, maneras de decir que siendo tan grande la lengua son solo de una región, de una familia, a veces de una persona. Un día Gastone Bettelli, que vive en función de crear y de comunicar, y es un narrador formidable, me lo dijo: "Nunca he conocido a nadie que cuente tan bien una historia como mi tía Corina, que habla en el dialecto de Módena". Y yo puedo creerle, porque he conocido a Stella García, que saboreaba los recursos de la lengua antioqueña con un deleite igual al de Van Gogh mezclando sus colores o al de Verlaine tejiendo los matices de la melancolía o del deseo; y conocí a Pepa Vélez, anciana adolescente amiga de mi madre y de mis tías, que hacía cada tarde inolvidable por su manera de nombrarla; porque conozco al propio Mario, que tiene una manera personal y sorprendente de valorar las cosas del mundo; porque he conocido a Gerardo Rivera, que hablando inventa siempre otra realidad; porque he conocido a Marie Kayser, que inventaba la lengua francesa en cada frase, y porque he conocido a Liborio, que hizo preciosos para mí el carrete de hilo de una máquina de coser, el brillo de un revólver en la hierba mojada, los cabos de madera con que dos hombres combatiendo desahogaban su rabia, el tartamudeo de un hombre rebelde en una plaza o los disparos al cielo de unos borrachos en una cuchilla. Casi no teníamos fotografías ni cartas ni crónicas, todo lo que en otros lugares sirve para reconstruir las edades, pero al menos nos quedaba él, su memoria y su entusiasmo; nada podía perderse mientras él estuviera animando la fiesta. "Liborio", le decía yo, "cuénteme de Excelino". "¿Excelino?", respondía. "Se bebió tres herencias, vivió con tres Bertas y tuvo tres hijos. Bajaba a caballo a beber en La Amapola y volvía montado en pelo porque había empeñado la silla". "Liborio: ¿cómo es el cuento de los mellizos Parra, de Rubiel y su hermano?". "Los Parra mataron a un Ortiz que había matado al papá. Manuel Ortiz, se llamaba: el papá iba rodando por la escalera y el hijo le seguía disparando. Pero no lo mataron por vengar al viejo sino por cosas de política. Los Parra tenían un busecito antes de tener los camiones. Uno de los dos se accidentó y lo llevaron a la cárcel. Todo el tiempo que duró preso, y sin que lo supiera la policía, uno pagaba una semana y el otro pagaba la otra: el hermano venía a visitarlo y se intercambiaban".

"Liborio", volvía yo, "¿es verdad que Félix Antonio domesticó un gallinazo?". "Fue en El Diamante", respondía, "cuando Toño era joven. Él no supo al comienzo: él recogió un pichón caído al pie de un árbol y lo llevó a la casa. Y ahí lo fue alimentando día tras día, sin saber lo que era: solo un pájaro grande y gris, que se iba volviendo cada vez más grande, cada vez más oscuro. Ya estaba encariñado con él, y el pájaro ya lo estaba tratando como al mejor amigo, cuando comprendió por fin que había recogido un gallinazo. El animal no se le separaba. Antonio salía al camino y el gallinazo se iba detrás de él por las cercas, de poste en poste, como si no se diera cuenta de que era distinto, de que tenía alas y podía ser libre. Con el tiempo advirtió que era pájaro y empezó a volar. Lo que sí no aprendió fue a irse. Siguió a Félix Antonio por años, hasta que ya era grande. Y como las fincas de la familia están una tras otra por el cañón, cada una más honda, hasta llegar a La Unión, abajo, junto al río, todos sabían siempre dónde andaba Antonio, pues veían un gallinazo solo volando entre los árboles. Arriba, desde las fincas, desde los balcones de las casas y desde los patios, veían el gallinazo, pequeñito, dando vueltas sobre los yarumos, y decían: "Por allá viene Antonio". Eso fue cuando era joven y vivía todavía en Guayacanal, junto a sus padres, mucho antes de casarse, antes de que nacieran Hernando y La Muerte, y todas las hermanas".

Una de las últimas veces que visité a Liborio le pregunté por el día en que mataron a La Muerte. "Es que a La Muerte lo mataron dos veces", me contestó. "La primera vez estaban organizando una fiesta en Los Asientos, no alcanzaron las gallinas y terminaron matando hasta los conejos para preparar la gran comida, había pasabocas, había trago, ya iban llegando los invitados, hasta el inspector de policía estaba en la casa ya cuando trajeron la noticia: en una pelea a machete en la fonda habían matado a La Muerte. Unos estaban tristes por la tragedia y los otros por cancelar una fiesta en la que se esmeraron tanto. Y ahí seguían: unos asustados, otros tristes, todos con el guayabo de que la fiesta se acabara antes de comenzar, hasta que alguien le propuso al inspector que fuera a hacer el levantamiento del cadáver y que si quería lo trajeran allí, para velarlo. Aunque fuera un velorio, todo iba a terminar en parranda: no querían perder los preparativos. Pero cuando el inspector y los acompañantes iban llegando al sitio de la riña, vieron venir a La Muerte sin ninguna herida: les contó muy animado cómo pasó el tropel, y se volvieron para la casa, donde La Muerte hizo fiesta con todos hasta el amanecer. Muchos llegaron después, creyendo que era verdad la noticia, y se encontraban por sorpresa a La Muerte bailando y echando cuentos como siempre".

A Roberto no le decían La Muerte por malo sino por flaco. Hernando, él y Liborio fueron compañeros de fiesta inseparables toda la juventud. Félix Antonio y Anita tuvieron tres hijos hombres: Carlos, Hernando y Roberto, y siete mujeres: Aura, Sara, Ana Rita, Blanca, Bertilda, Ángela y Olinde. Ana Rita siempre fue lejana para mí, pero fue la madre de Marina Bermúdez, esa muchacha hermosa a la que hace unas páginas se llevó la avalancha de Armero.

A Sara la conocí bien, porque en Padua su casa estaba frente a la nuestra. Como en esta familia todo era simétrico, también tuvo tres hijos, y también siete hijas: Graciela, Olivia, Libia, Olga Marina, Ligia, Mariela y Gloria, si no me olvido de alguien. Yo conocía esa casa de memoria, y todavía a veces sueño con ella, como si allí estuviera encerrado algún secreto de mi infancia. Me agradaba la parte del frente, la sala, las habitaciones, la cocina, pero detrás de la cocina todo empezaba a ser inquietante: atrás estaba el patio y tras el patio la niebla, y detrás de la niebla una llanura borrosa de hierbas altas, y más allá la colina del cementerio.

La memoria es inventiva, y a mí me dio por recordar que era una casa que tenía niebla al fondo y un cementerio propio, como en las viejas ciudades de Europa. Cuando viajé a Ginebra persiguiendo otra novela, estuve una noche en un bar que limita con el cementerio de los Reyes, donde están enterrados Calvino y Borges y Alfredo Ginastera. El bar tiene al fondo una terraza cuyo muro da al cementerio, y a la gente le gusta decir que a veces hay personas extrañas en la terraza del fondo, personas que no parecen haber entrado al bar por la puerta de enfrente.

Bueno, así no era en la realidad pero así es en mi memoria la casa de Sara: animación en las primeras estancias y neblina en el fondo.

13

A las otras hermanas de Sara las conocí muy poco, pero siempre las veo en mi imaginación en las fiestas locas que les amadrinaba Mamá Rafaela a sus nietas adolescentes. En cada casa de esas montañas, la de Félix Antonio, la de Jesús María, la de Vicente, la de Pedro Pablo y la de Benedicto, había por lo menos cinco muchachas, de modo que más de veinte se reunían en la casa de la abuela las tardes de fiesta para subir al pueblo. Los hijos de Rafaela, los padres de esas muchachas, eran severos y a menudo tiránicos, pero no se atrevían a contrariar a la abuela, y cuando ella decía "Voy a subir con ellas a la fiesta" nada podía impedirlo. Si alguno se quejaba podía esperar su respuesta: "Así que los hombres sí pueden subir cuando quieran al pueblo y emborracharse sin control de nadie. Yo voy con ellas porque sé cuidarlas, y no voy a permitir que les impidan bailar y les amarguen la juventud".

Mientras estuvieran con ella podía asegurarles que no iba a pasar nada malo. Y era verdad, no solo eran seguros los caminos; las mujeres podían andar de noche con faroles, y volver de las fiestas del pueblo en el frío y la niebla sin peligro. Nunca en las fiestas con la abuela se supo de una ofensa, de un contratiempo. Y a los que predicaban las buenas costumbres, ella podía decirles que la única vez en que alguna de las nietas lo pasó mal fue cuando por confiar demasiado la dejaron ir sola donde el cura, a ayudar en no sé qué tarea, y abusaron de ella en la propia casa

de Dios. De allí sacó mi abuela la sentencia que enseñó a sus hijas: "A los curas", decía, "hay que oírles la misa y sacarles el cuerpo".

Se reunían, pues, todas las primas en la casa de Mamá Rafaela, con sus trajes de fiesta, los zapatos de fiesta bien guardados en sus carteras, porque el camino era áspero y pedregoso y a veces barroso, y tenían que subir con los zapatos de combate. Remontaban la cuesta al atardecer con faroles, que la abuela había obligado a los hombres a hacer para ellas, con llamas protegidas del viento, caminaban más de dos horas, y a Guarumo llegaban ya de noche. Algunos hermanos y primos las acompañaban, siempre aclarando que no iban a ser guardianes oficiales. Buscaban fiesta para largo y no querían comprometerse a tener que volver con las niñas. "Qué importa", decía la abuela, "no los necesitamos".

Llegaban a la plaza si era en días de carnaval, entre festones y farolas, o a la casa correspondiente, donde había siempre un grupo musical, donde primero los Carvajal, Jesús, Ramón y Víctor, tocaban valses y pasillos la noche entera, y más tarde un gramófono soltaba músicas de Guillermo Buitrago, o discos de foxtrot, o porros barranquilleros, y mientras lejos los muchachos se emborrachaban al son de los tangos porteños, ellas bailaban hasta tarde las mismas canciones que después bajarían cantando por la pendiente. Mamá Rafaela sabía ser el centro de la fiesta, como en el día era el centro de los trabajos de la casa. Siempre por las mañanas contaba cuántas personas subían al mercado del pueblo, y al caer la noche tenía puesto para todos en la mesa común.

De las hijas de Félix Antonio, la otra que conozco es a Aura. Solo ella rivalizaba con Liborio en el arte de contar

historias viejas. Aura fue para mí la más admirable de esas mujeres por su relación loca con la vida, con el amor y tal vez con la muerte. Era la mujer de Julio Gutiérrez, y yo tendría que llamar ahora a Liborio, a Vicente y a Luis Enrique para que me ayudaran a contar quién fue Julio Gutiérrez. El hombre más valiente, más temerario, más peligroso y más incomprensible que hubo en aquellos tiempos. Habría que llamarlo un guerrero en tiempos de paz. Y cuando hablo de paz no pretendo que una comunidad humana viva sin violencia, sin tragedias, sin conflictos, pues hay gentes que mueven de noche las cercas de sus propiedades, hay vecinos que tienen rivalidades y disputas, alguien pelea por los manantiales o roba en los graneros, alguna noche de algún año algún malvado enciende una enramada para perjudicar a los otros por envidia o venganza, profanan la confianza, abusan de la amistad, alguien se niega a pagar una deuda, alguien maltrata un niño, alguien comete un crimen por pasión o locura.

De esas estampas bíblicas está tejida la vida en todas partes, y lo que destruyó a nuestra patria no fueron esas violencias cotidianas que son tan parte de la realidad como las fiestas, las canciones, las enfermedades y los accidentes, sino las esperanzas postergadas, la violencia política, que si bien a veces produce estallidos de guerra, a veces simplemente enrarece la vida, socava la confianza, va sembrando el recelo, una discordia inexorable, y finalmente avanza con locura y masacres, convierte al mundo en una pesadilla, expulsa a las familias de las tierras que fueron suyas toda una vida, y las arroja a lo desconocido.

Los hombres bebían en las fondas, a veces se enfrentaban a cuchillo o machete porque era parte de su vida mostrar su valentía, su desdén por la muerte. Y tal vez ni

siquiera había odio en ellos. Pero Julio Gutiérrez era el mejor de todos, o el peor, eso depende de quien lo mire. Nunca esquivaba una pelea. Y nunca perdía una. Se enrollaba el poncho en el brazo izquierdo, hacía brillar el machete en el derecho, saltando como un gato, rastrillando el piso,sacando chispas de la piedra o del asfalto, esquivaba los lances del contrario con una agilidad endemoniada, y no fallaba un golpe, y por eso se podía dar el lujo de no herir sino solo azotar al contrario, que en cambio a menudo sí tiraba a matar.

Un día, Luis Enrique le pidió que le enseñara a batirse a machete, y Julio le dijo: "Coja pues el machete: déjeme a mí la funda y tire a matarme". Al comienzo, Luis Enrique no se atrevía, entonces Julio empezó a azotarlo con la funda de cuero, para sacarle la rabia, para obligarlo a atacar de verdad. Luis Enrique, a medida que el otro lo fueteaba con la funda, se sintió cada vez más ardido, más rabioso, y empezó a tirarle con el machete de verdad, no solo con el plan sino con el filo, pero cuanto más lo atacaba y con más furia, más ágil era Julio y más le daba, hasta que lo dejó más azotado que un galeote y humillado de tantos golpes.

A Liborio, que más de una vez lo vio pelear en su adolescencia, nada lo fascinaba tanto como el brillo del machete en los arcos de la danza, porque aquello en realidad era una especie de danza terrible. Cuando ya trabajaba en Medellín en la fábrica, Liborio, que siempre estaba contando sus recuerdos de Guayacanal, lavando a veces con manguera los grandes camiones, saltaba con la manguera arrojando chorros a un lado y otro, producía con el agua el efecto plateado del filo del machete, y les decía a sus compañeros: "Así peleaba Julio Gutiérrez".

De todas las fotografías de aquel tiempo la más extraña es una donde están cuatro hombres en un estudio de fotógrafo, con un paisaje pintado en el telón del fondo, en traje de domingo, con sombreros de fieltro como los que usaban entonces los cantantes de tangos, y uno de aquellos hombres con un bebé en los brazos. El que tiene el bebé es Luis Enrique y el último a la derecha es Julio Gutiérrez, muy joven todavía, en mangas de camisa, como decían entonces, y con un cigarrillo entre los dedos. En esa imagen de hombres rudos de los años cuarenta, el bebé me parece un enigma. Los hombres de cantina y machete no posan con bebés: menos sin la presencia de sus mujeres. Y ver allí a Julio Gutiérrez llena más de misterio la escena.

También en otra fotografía aparece Julio, años más tarde. Ahora es más grueso y más fuerte, no suelta el cigarrillo y va en una chalupa por el río Magdalena. Pensé que sería en Honda, ya que Honda tuvo tanto que ver con su vida y su suerte, pero la chalupa y la amplitud del río revelan más bien que están en La Dorada: Julio, Luis Enrique con una novia que trajo de Cartago, Clemencia ya sin luto, unos barqueros, y Olmedo Bedoya, que vivió muchos años a la orilla del río.

Pero yo vuelvo a imaginar a Julio peleando, saltando como un loco, riéndose a las puertas de la muerte porque era su costumbre batirse con una risa desafiante en los labios que no lo abandonaba y acababa por torcer el destino del otro. A cada salto pelaba los dientes y abría más los ojos, y algo había de temible en eso porque el miedo del adversario asomaba a la larga. Los peones de las fincas, los tahúres del mercado y los jugadores de billar de los

cafés le fueron fabricando leyenda, una leyenda que no debió importarle.

De esos combates no salieron muertos pero sí muchos humillados y ofendidos, y más rencores de los que alguien se puede dar el lujo de provocar. Rencores silenciosos y torcidos que se rumiaban en la sombra y conspiraron para su vida un final oprobioso. Ludi recuerda un día de nuestra infancia: terminábamos el almuerzo cuando gritos y llantos en la casa de enfrente nos informaron confusamente que Aura estaba llegando con sus hijos desde Honda, donde Julio había muerto.

Recibió una tarde un papel escrito que lo desafiaba: uno de sus viejos derrotados quería una revancha y estaba seguro de que Julio no dejaría de acudir. La cita era allí mismo, en Honda, en un callejón bien explicado, y no se precisaban testigos. Julio llegó a la hora indicada: debía sentir vergüenza de hacer esperar a una persona que se estaba arriesgando de ese modo.

Creo que para él todo terminaba cuando enfundaba el machete, pero debía entender los rencores ajenos, o no los temía. No desconfió, porque la desconfianza es una forma del miedo o de la prudencia, y él no adolecía de esas cosas. Ya en el sitio, descubrió que el otro no había llegado. Tarde descubrió también que la calle pedregosa no tenía otra salida. Sombras agazapadas se alzaron de pronto, cargadas de piedras, y a pedradas lo tumbaron, y a pedradas lo borraron del mundo.

Aura lo amaba tanto, que hasta sentía simpatía por las mujeres con las que Julio tenía amores. Cierta vez, estando Julio ausente, supo que una de sus queridas estaba enferma y sin quién la cuidara, y le hizo llegar alimento a su casa hasta cuando se aseguró de que ya se había recuperado.

En otros tiempos, Julio manejaba un camión, y se detuvo una tarde frente a la finca para merendar. Ella sabía que no andaba solo, y le pareció poco amable no enviar comida para su acompañante. Cuando quedó viuda, Félix Antonio le dio una parcela en su tierra al lado de Guayacanal, en El Diamante, pero no le ayudó en nada más. A ella le tocó sola sembrar y cosechar, cargar por las lomas los bultos arriesgándose junto a las hondonadas, aparejar las mulas y llevar las cosechas al mercado del pueblo, y así sostuvo a su familia, sin pedir nunca ayuda.

Dedicó el resto de la vida a recordar a Julio, pero en los primeros tiempos hizo una demostración abrumadora de sus sentimientos. Después de los años de rigor en el cementerio, un día le entregaron los restos. Como Aura no tenía recursos para pagar un nicho, guardó los huesos en un cofre en su propia casa, y allí los tuvo por años. No era algo escondido: todos en la familia sabían que Aura tenía bajo su cama los huesos de Julio Gutiérrez, y solo se animó a llevarlos a un osario movida por el temor de que sus hijos terminaran jugando con ellos.

14

Con la última luz de la tarde apareció al fondo el cañón del Guarinó. Andrea y los niños se incorporaron para verlo. Recordaban, de meses atrás, no solo el puente lleno de telarañas de agua sino el rumor del río muy abajo, y una cascada más allá de la imagen de la Virgen, por donde en otro tiempo se entraba al camino de la ermita que al final arrasaron las crecientes. Una cascada juguetona: uno se acerca a ella con la intención de extender apenas los brazos para recibir en la palma la caricia del agua fría, y sale destilando agua por todo el cuerpo.

El año anterior mi hija y mis nietos habían venido de Cali, donde Andrea nació siendo yo adolescente, para instalarse en nuestra casa de Mariquita. Allí Nicolás solo tuvo unos días para disfrutar el orgullo de nadar mejor que su hermanito de cuatro años, porque al cabo de esa semana Martín ya cruzaba la piscina de un extremo a otro como si fuera un pez. En ese año recorrimos un poco la región, y yo empezaba a mostrarles la tierra de sus antepasados, pero pronto volvieron a Cali, a los altos de Felidia, por el camino que lleva al Pacífico.

"Niños, estamos viendo la tierra donde vivieron los tatarabuelos", les dijo Andrea, y les recordó el puente y la cascada. "Hoy pensaba contarles historias de Guayacanal", les dije, "desde cuando llegaron del norte los colonos hasta cuando nos expulsó la violencia. Pero ya no podremos ver nada porque está cayendo la noche". Desde el puesto delantero, Mario exclamó: "Basta que empiece el cuento y lo veremos todo aunque esté oscuro". Entonces lo primero que se me vino a la mente fue la imagen de Misiá Josefina.

Cuando murió tenía más de cien años. Vino con Benedicto y Rafaela desde Sonsón, fue el último vestigio de la caravana de los colonos, y no solo había criado a mi abuelo y sus hermanos. Mientras todas las gentes de su tiempo se iban yendo, ella estaba cada vez más presente; supo criar también a la siguiente generación, la de mi madre y sus hermanos, y todavía alcanzó a criarnos a nosotros. Mientras yo hablaba de ella, Óscar, mi primo, que iba conduciendo el automóvil, rompió su silencio para decir: "También a nosotros nos crio ella".

No solo era verdad, sino que Josefina probablemente fue más la nodriza de ellos, de Óscar y Luz Marina, ya que los dos niños estaban muy pequenos cuando Ana murió. Ana, la hermana de mi madre que se fue tan temprano, en plena juventud. De algún modo, Josefina pertenecía más al mundo de las hadas y de los duendes que al mundo de los seres humanos, pues le fue concedido criar a tres generaciones y vivir más de un siglo. Es ella, más que nadie, la causa de que yo esté contando ahora estas cosas.

Por lo que entiendo, Rafaela, su amiga del alma, fue la única que la llamó Josefina. Para mis abuelos ya era Misiá Josefina, y para la generación de mis padres y la nuestra ya su nombre se iba reduciendo como ella misma, de modo que muchos la llamaban *Misiá*. Era blanca, blanquísima, de rostro afilado, de mejillas un poco colgantes, de expresión viva y alegre, todo el día trabajaba, haciendo su oficio, como se decía entonces, envuelta en una mantilla negra de seda, y es verdad que parecía decrecer a medida que los niños crecíamos, siempre fumando unos tabacos enormes mientras contaba historias.

Rafaela y Josefina llegaron al tiempo entre las oleadas de la colonización. Se habían conocido en su tierra de origen y la vida las hizo casi hermanas, aunque de diferente condición. Eran jóvenes, graciosas, grandes conversadoras; fumaban juntas cuando bajaban a lavar ropa a los pozos y cuando parloteaban en el corredor, después de la merienda y del rezo, mientras los hombres en el patio, alrededor del fuego, punteaban la guitarra e hilvanaban cuentos. Pero Rafaela ascendió a señora de una finca acomodada y Josefina se convirtió como sin darse cuenta en la nodriza de los hijos de su amiga. Vigilante, amorosa, siempre lista para acompañar todo parto y todo entierro, toda vigilia y toda fiesta, ocupaba en la familia un lugar especial, presente pero ajena, respetada siempre pero nunca temida, alguien de quien podía esperarse ayuda y consejo, y que podía hablar de las cosas de la familia con una libertad y un conocimiento que nadie más mostraba. Las familias están llenas de secretos sencillos o enredados que los propios no saben decir, pero es un alivio cuando alguien cercano los conoce y los cuenta.

Por ella supimos que Benedicto y Rafaela eran primos entre sí, que mi abuelo Vicente leía libros de magia, que a Amanda le había ocurrido aquello con el cura, que Carlina no era solo una niñita acogida y protegida por mi bisabuela sino secretamente otra cosa. La historia nocturna, no oficial, que se salía de los caminos centrales y se iba por los recodos, era ella quien la sabía mejor, y la contaba con una gracia y una serenidad que hacía que nada fuera del todo vergonzoso ni del todo repudiable. Yo tenía trece años cuando una mañana, después de la muerte de mi abuela Regina, Josefina, no sé por qué, me consideró digno de saberlo todo y me contó muchas verdades escondidas de la familia.

Yo siempre había querido saber por qué mi tío abuelo Pedro Pablo tenía esas cicatrices en la cabeza, por qué mataron a un hijo de Santiago y por qué mataron al propio tío Santiago, por qué Imelda era monja, por qué Emperatriz tenía el rostro mordido por el fuego, por qué Bernardo no aparecía nunca y por qué Rafael no pudo casarse con Clarita Trujillo, aunque tanto se amaron, si ella ya lo esperaba en la iglesia. Yo quería entender además el laberinto de las sangres que hacía que los hermanos de mi abuelo estuvieran casados con las hermanas de mi abuela, que los hombres de la familia fueran Buitrago del lado del Tolima y las mujeres fueran Muñoz, del lado de Caldas, así como en la familia de mi padre eran los Carvajal y los Ospina quienes se casaban con las Muñoz; que alguien me desenredara ese nudo por el cual entre los primos unos eran Buitrago Muñoz y otros eran Muñoz Carvajal, unos eran Ospina Muñoz y otros eran Carvajal Muñoz, para que finalmente mis padres fueran Ospina Carvajal y Buitrago Muñoz, y yo terminara siendo un río más mezclado de aguas distintas que el río La Miel en la confluencia del Tasajos. Y solo Josefina, que no era Buitrago ni Muñoz, Ospina ni Carvajal, Bedoya ni Buitrago, Medina ni Cubillos, sino algo distinto, podía explicar la madeja.

Josefina Agudelo tenía el privilegio de pertenecer a un linaje de gentes solitarias y en cierto modo postergadas; cada tanto tiempo desaparecía, se iba a cuidar a sus propias hijas, a vivir con ellas, a veces en una pobreza que nunca vio en la casa de su amiga, tal vez diciéndose que ese era el destino que le correspondía, pues no se había casado con un dueño de tierras ni tuvo quien la llevara a vivir con más comodidades, y porque entregó demasiado a los otros sin tener casi tiempo para su propia vida.

"Nos ha querido más que a sí misma", dijo un día Rafaela, cuando Josefina llevaba meses sin aparecer por la casa. Sintió tal vez nostalgia, pero también conciencia plena de todo lo que su amiga les daba cuando estaba presente: todos lo recibían como algo tan natural que ni siquiera trataban de agradecerlo.

Se preguntó si Josefina, lejos, no estaría pensando en otros términos: rumiando tal vez la ingratitud, el modo como recibíamos de ella todo sin darle nada a cambio. Le pareció que su amiga estaba más vieja aunque eran de la misma edad, que tenía el cabello más gris, las manos más torturadas, los ojos menos brillantes, y entonces se prometió que si volvía le haría sentir mejor el cariño que tenía por ella, cuánto agradecía su amistad y su ayuda.

No habían pasado muchos días después de esa ráfaga de nostalgia cuando Josefina apareció de nuevo, y les bastó verla para comprender que no había estado pensando nada de eso: estaba ansiosa de volver, como siempre, de verlos a todos, de retomar su lugar, y no buscaba gestos de gratitud, ni retribuciones ni zalamerías, pues para ella era bastante lo que tuvo siempre, la certeza de ser aceptada como alguien necesario, en una casa ya suya por los años y por la costumbre, rodeada por gentes que sin ser de su sangre eran de sus entrañas, como si ella los hubiera concebido y alumbrado a todos.

15

Esos también fueron los lazos con que se hicieron estos pueblos, en el reparto de la concesión entre millares de colonos hermanados por el éxodo, que llegaban a las montañas centrales. Pero a Benedicto y a Rafaela no les había tocado al llegar aquel reparto. La tierra prometida ya estaba en otras manos, y nadie iba a iniciar una nueva guerra por la mitad del territorio que todavía defendían la concesión y sus secuaces. Los dueños grandes se apresuraron a disponer de las minas y a celebrar alianzas con empresarios ingleses que todavía venían cobrando en licencias los empréstitos de la Independencia. Porque los negociadores Zea, Arrubla, Montoya y Hurtado habían pignorado los yacimientos auríferos de Supía, de Marmato, de Zaragoza y de Remedios, y vinieron los peritos ingleses Walker, Thompson y Moore, que sabían de geología, de mineralogía, de hidráulica, que traían sismógrafos y ruedas Pelton, y sabían arrancar a los suelos el oro y la plata y el platino, y crearon nuevas empresas para socavar las montañas de un modo más visible, evitando que los colonos produjeran nuevos hechos de fuerza.

Unos colonos habían avanzado por la cresta de la montaña desde Sonsón: fundaron Aguadas y Salamina, repoblaron Pácora, y hablaron con la empresa González Salazar y Compañía, que había heredado los títulos de Juan de Dios Aranzazu, cuando el dueño del mundo murió después de ser presidente de la república, para que permitiera las fundaciones porque eso valorizaba sus propiedades. Así fundaron Aranzazu y Neira y Manizales.

Los colonos de Fermín López se fueron por el filo mirando al río Cauca, desde Filadelfia y Chinchiná hasta las ruinas de Cartago Viejo. Solo querían encontrar una comarca que estuviera fuera de la concesión, salir por fin del país de los Aranzazu. Intentaron revivir esa vieja fundación junto al Otún, pero les pareció más conveniente remontar la sierra y fundaron una villa el día de santa Rosa, que se convirtió en el punto de encuentro entre el camino de Antioquia, por donde bajaban los frutos de la tierra, y el camino del Valle, por donde subían los comerciantes de cerdos, mulas y ganado vacuno de la llanura. Nadie los alentó tanto como el gobernador Cabal, de Buga, por eso la llamaron Santa Rosa de Cabal, y el gobierno terminó concediéndoles más fanegadas que a cualquiera de las fundaciones de aquel tiempo.

Lo más extraño era esa orilla del Otún donde siempre fundaban y de donde siempre se iban. Es como si alguien presintiera y luego olvidara que en el futuro se alzaría allí la mayor ciudad de esas regiones. Allí nació Cartago en tiempos de Robledo, pero después la trasladaron al Valle, a orillas del río La Vieja. Y en las casas abandonadas pasaban la noche los fugitivos y los contrabandistas. Fue Cartago de nuevo, pero lo abandonaron para fundar Santa Rosa. Hasta que al fin Francisco Pereira les dio a los colonos terreno suficiente para hacer una villa y ellos le dieron al pueblo su nombre. Nadie sabía que iba a crecer tanto, pero estaba sembrada en el corazón de la región cafetera, y cuando más tarde la violencia cayó sobre los cafetales, recibió por millares a los desterrados.

Al occidente de los cañones del Tolima crecían los pueblos. En esa romería se enroló tanta gente que no fue la fundación de unos caseríos sino de un país. En las cosas que fundan las manos y los corazones también participa el olvido, porque hay que olvidar mucho para aprender a vivir en una tierra nueva. Las casas que quedaron lejos eran en la memoria más altas y más bellas, cortinas bordadas separaban las habitaciones, cenefas con paisajes pendían de los dinteles, en los balcones ardían macizos de flores. Aquí, al comienzo, la lucha con las tercas montañas no les daba a las casas la ocasión de ser bellas, y apenas se atrevían a ser útiles. Al fin no fuimos ya hijos ni nietos de los que se quedaron, la selva gastó las costumbres, había que aprender esa ciencia ignorada de convivir con otros, en la tierra perdida cada quien solo podía casarse con alguien de su condición, aquí nos igualaron a las malas la intemperie y la lluvia, la fiebre y la escasez, la pobreza y el diablo.

Tardamos en descubrir nuevas soberbias y nuevas repulsiones, aunque todo lo va inventando la gente a medida que la suerte obliga. Así llegaron también las familias inmigrantes con sus muchachitos rubios, y esos sí que no se mezclaban con nadie, y para ellos fue todavía más necesario que los pueblos crecieran y se embellecieran. No era fácil pasar de colonos a dueños de parcelas, por eso muchos se hicieron trabajadores de las minas, sobre todo los hijos de esclavos manumisos, que no tenían qué comer ni dónde dormir; perder a sus amos solo significaba perder el techo y el lecho, su ración de mala comida y hasta sus más míseras prendas de algodón. Rafael dijo un día que no los habían dejado libres por sentimiento de humanidad, sino para no tener que atenderlos cuando enfermaban ni garantizarles hospedaje y alimento por su trabajo: para que tuvieran que venderse por mucho menos.

Era afortunada la provincia que no tenía coroneles ni generales, porque después de las guerras se quedaban con toda la tierra, en pago de sus servicios a la patria. En Casabianca les quitaron las parcelas a los campesinos que las habían habitado por décadas para darle su latifundio al coronel Pineda. Los de Guayacanal fueron tiempos de paz pero de lucha eterna; el suelo era difícil, todo era preciso ganarlo con esfuerzo, el monte se resistía al avance de las gentes, la tierra se deslizaba bajo las casas y caía sobre los sembrados, y si las lluvias fecundaban los campos a veces bajo el aguacero se derrumbaba el mundo. El diablo plantaba sus tiendas y las enfermedades eran pertinaces y crueles: si las parturientas morían con frecuencia, con más frecuencia se iban los niños arrebatados por la muerte azul de las cunas, por los ataques cerebrales en la alta noche, o por cólicos desesperantes que mantenían las casas desveladas por un llanto angustioso. Era tan frecuente, que los ataúdes de los niños se hacían en las casas. Siempre al amanecer se oía serruchar y martillar, y ni los padres de ojeras moradas ni los niños sobrevivientes se preguntaban nada: era una de las frecuencias de la realidad y nada más.

Las mujeres eran expertas en hacer vestidos para los niños muertos. Les ponían flores de papel alrededor de las caras y solo en esos días llamaban al fotógrafo del pueblo, que casi nunca venía a fotografiar a los vivos, para que retratara a los difuntos. Los fotógrafos metían la cabeza en mantas oscuras mientras manipulaban sus cajas llenas de secretos. Tal vez intentaban desagraviar a los niños por la brevedad de sus vidas, prolongando en las placas los rostros singularmente pálidos, no marcados aún por las pasiones, de los que se iban apenas llegando.

Venidas de montañas lejanas a una región sin otro pasado que las tumbas de oro, las gentes olvidaban su origen: creían haber brotado de este suelo que siglos de cenizas volcánicas habían fecundado, donde todo al caer florecía, donde los muertos mismos parecían abonar las pendientes, donde era duro cultivar la tierra quebrada, regarla de sudor y de llanto, cosecharla a riesgo de rodar al abismo con los bultos de mazorcas y frutas, de hierbas y legumbres, de leña madura para el fuego y cidras espinosas en flor. Guardaron los demonios en los sótanos. Sentían a Dios muy lejos en los cielos cerrados de invierno, pero el demonio estaba a flor de tierra bajo el piso crujiente. Hacían capillas con estampas y santos de madera en casas de tabla parada, con listones cubriendo las celosías, casas inventadas por los mineros ingleses que acompañaron las primeras colonizaciones. Andaban con el alma llena de dioses subalternos, legiones de santos y de vírgenes que transmitían sus plegarias a los tronos más altos, y día y noche pesaban sobre sus acciones unos estanques en llamas donde nadaban en suplicio los penitentes, y unos mares de fuego donde penaban para siempre los réprobos. Esos establecimientos penitenciales parecían flotar en el viento cuando cada año, antes de la cuaresma, pasaba por los montes La Santa con sus sermones enardecidos, alimentando un miedo antiguo, la fábrica de fantasmas y de duendes que edificaron los mayores sobre los hornos del infierno y sobre los estanques del purgatorio.

Que nadie piense que la vida en las montañas era tediosa y rústica: era una prueba mágica en escenarios sublimes, de los peñascos volcánicos a los torrentes espumosos, desde los vientres ensangrentados hasta los ataúdes de madera balsámica, bajo columnas vivas sobre las que flotaba otro palacio casi imposible de imaginar. Y si unos reinos impalpables llenaban las mentes y los corazones, la realidad no era por ello menos maciza y tremenda. Porque la piadosa vida cristiana estaba tejida sobre una inquietante telaraña de entierros de indios, la realidad caminaba sobre el rastro de la saliva de los zorros de invierno, todos sabían que en las noches de Viernes Santo las tumbas de los indios exhalaban un fuego verde, la señal inequívoca para ubicar las guacas, y nadie intentaba explicar por qué los caciques muertos antes del hierro o por el hierro aceptaban rendir ese homenaje al hombre blanco que estaba clavado en la cruz.

16

Fue a mi abuelo Vicente al primero que le oí decir que en las noches de Viernes Santo las tumbas de los indios alumbraban, arrojaban una soflama verde en la oscuridad. Él sin duda lo oyó de su padre y supo así cómo se descubría dónde estaban las guacas. De niño yo quería que a medianoche el Viernes Santo me llevaran a ver el campo abriéndose en llamaradas, pero nunca lo hicieron. Solo mucho después empecé a preguntarme, cuando ya estaba lejos de la Iglesia, por qué los caciques enterrados siglos antes de la llegada de la cruz y la hostia iban a rendirle homenaje a la religión que los borró de la tierra. Qué podían saber de Cristo las tumbas de los indios, qué podía importarles la crucifixión a esos huesos regados entre poporos y narigueras y salamandras de oro, pero tal vez a los curas cristianos sí les convenía difundir una leyenda en la cual hasta los caciques muertos reconocían el poder del dios blanco que estaba clavado en la cruz.

Pero no: nada que tocara los cultos paganos, ni siquiera esas hogueras de las tumbas sumándose a los fastos y los quebrantos de la pasión de Cristo, podía ser aceptado por los curas. Eran juegos peligrosos que no había que jugar, y en una edad administrada con tanto celo por los funcionarios de la Iglesia, donde hasta los santos y los milagros resultaban sospechosos, nadie quería darle importancia al relato de los pueblos vencidos. Mi abuelo no podía ignorar que era apenas una leyenda, pues a diferencia de su padre nunca encontró un entierro que le diera riquezas, aunque horadó la montaña en todas direcciones. Sin embargo, esos cuentos tenían algo mágico que la conciencia cristiana se negaba a reconocer.

Josefina contó que hace años se oían en la noche cantos y rezos en lenguas extrañas: una pared muy delgada separaba el mundo de los cristianos del mundo misterioso de los indios muertos, que cada cierto tiempo entregaban sus tributos de oro. Pero salvo por la mención amenazante y equívoca del Indio Alejandrino, no había más vestigio de indios que las tumbas, que se rendían dóciles a las palas y las picas de muchos colonos pero esquivaron siempre los esfuerzos de mi abuelo, como si el oro no quisiera entrar en contacto con sus manos. Yo quería pensar que tal vez por eso nos bendijo la suerte: después de asentarnos en su tierra ya no atrajimos sobre nuestras cabezas la maldición de los señores antiguos, que llenaron de huesos el pecho de las montañas, protegidos con talismanes de oro, con rezos de metal y conjuros de arcilla. Porque a otros siempre vino el destino a cobrarles la deuda.

Los primeros años fueron duros por el esfuerzo que exigía tomar posesión de la tierra, pero por lo demás eran tranquilos. Y todo estuvo bien hasta que abajo en las llanuras estalló la guerra de los Mil Días, y con ella llegaron los abusos y el hambre. Por Guayacanal no pasaron las tropas ni las batallas, pero ya no se podían sacar las cosechas, y muy pronto los hombres no pudieron subir siquiera al pueblo porque los reclutaban para los ejércitos.

Entonces ser liberal o conservador empezó a tener un sentido más grave y más peligroso, todo iba más allá de la costumbre. Y si juzgo por los ríos de mi sangre, los Buitrago y los Muñoz, que eran conservadores, eran más fieles a la tierra y a la Iglesia, clavados como árboles en la tradición y en el pasado, más celosos de la memoria, de las convenciones, de unas leyes que ni siquiera estaban escritas, y los Ospina y los Carvajal eran liberales, más sueltos y todavía más pobres, un poco más errantes, hasta me parece que era más fácil ver al indio en ellos, en sus costumbres un poco, solo un poco, más paganas, más capaces de buscar oficios nuevos, siempre con sus guitarras y sus tiples y sus violines a cuestas, un poco más dados al juego, a la curiosidad y a la aventura. Más proclives a ser masones, y curanderos, y evangélicos.

En Guayacanal, las mujeres se encargaron entonces del comercio. En el pueblo mentían que sus maridos estaban luchando, pero en aquella guerra no había ya patriotismo sino odios e intereses, y la gente que quería vivir su vida, cuidar a su familia, cultivar, hacer que un suelo tan duro, tan pendiente y difícil, diera algo de su riqueza, no se entusiasmaba con esos conflictos gobernados por las ciudades, que eran luchas por puestos, por los grandes graneros del poder y el Estado. Aprendieron a mentir en los censos porque sabían que las autoridades no estaban sumando los habitantes sino haciendo el cálculo de los soldados disponibles que podían reclutarse, el mapa de la conscripción.

Aquí el adversario era la tierra. Para poder agradecer por sus mieles había que combatirla, horadarla, encenderla, cuidarla, medir fuerzas con ella y arrebatarle al fin el orgullo y el triunfo. Rafaela tuvo que improvisarse como organizadora del trabajo, volverse hábil en aparejar recuas de mulas, en negociar. En el campo los hombres seguían cultivando y moliendo, talando y labrando, cosechando y cargando, pero para darles la cara a los pueblos las mujeres tuvieron que emplear también a los viejos y a los niños, a todos los que la guerra no apetecía. Y fue entonces cuando se produjo la primera prosperidad real, porque al comienzo el café se cultivaba en las grandes haciendas de las llanuras, pero la caída de los precios hizo demasiado costoso ese café de miles de peones, y pronto el café de las montañas, cultivado por familias numerosas, cuidado con amor de parientes y cosechado por manos dulces y alegres, se convirtió en un tesoro inesperado.

Y un día, en 1903, cuando mi abuelo Vicente tenía unos ocho años, cuando estaba terminando abajo en las llanuras la guerra civil que destrozó en su cuna al siglo que apenas nacía, pasó por la casa de Benedicto y Rafaela un ingeniero de ferrocarriles que era también maestro de música y poeta. Les habló del proyecto en marcha de tender un cable aéreo movido por electricidad sobre los abismos de la cordillera para bajar el café desde Manizales hasta el río Magdalena, y por la noche les leyó un poema dedicado a la Luna vista desde el cañón del río Gualí.

Los bisabuelos no sabían en aquel momento que ese era el poema más famoso de la república, que gracias a él los hombres de la montaña habían alzado por fin la vista del surco y habían visto el cielo, pues la mirada de ese ingeniero consiguió en su estilo convencional, que no decía donde sino do, que al comienzo miraba la Luna como si fuera una doncella desnuda, descubrir para el lenguaje sin embargo cosas poderosas y nuevas. Todos lo oyeron con admiración:

Ya del Oriente en el confín profundo
La Luna aparta el nebuloso velo,
Y leve sienta en el dormido mundo
Su casto pie con virginal recelo.

Absorta allí la inmensidad saluda,
Su faz humilde al cielo levantada
Y el hondo azul con elocuencia muda
Orbes sin fin ofrece a su mirada.

Y lo oyeron a cada momento más conmovidos, porque la música de la poesía despertaba en ellos un ancestral sentido de reverencia, pero también porque sentían su propia tierra exaltada a los honores de la música verbal.

Un lucero no más lleva por guía,
Por himno funeral silencio santo,
Por solo rumbo la región vacía
Y la insondable soledad por manto...

Sé que mi abuelo niño se estremeció oyendo esas estrofas, y las siguió hasta cuando la mirada del poeta descubre en sus versos lo que esa tierra nuestra tenía sepultado y silenciado:

¡Oh!, y estas son tus mágicas regiones,
Donde la humana voz jamás se escucha;
Laberintos de selvas y peñones
En que tu rayo con las sombras lucha...

El poeta lograba recrear la atmósfera de esas comarcas todavía indómitas, donde los hombres apenas abrían los caminos luchando con la lluvia y la niebla, donde era difícil en medio de las dificultades advertir también la belleza de los bosques, la majestuosidad de las cumbres, los peñascos y las selvas. Pero qué grande es el instante en que uno siente que el mundo en que vive no solo es difícil y peligroso, sino también bello y lleno de un misterio casi sobrenatural. Que por un momento la vida hiciera una pausa en su rutina de trabajos y cultivos, de rituales y deberes, y permitiera sentir el milagro de los cañones enormes y la contigüidad de los montes y los cielos era algo perturbador, que cambiaba de pronto el rumbo de la vida y el sentido de la realidad.

Porque las sombras odian tu mirada;
Hijas del Caos, por el mundo errantes;
Náufragos restos de la antigua Nada,
Que en el mar de la luz vagan flotantes.

A tu mirada suspendido el viento,
Ni árbol ni flor en el desierto agita:
No hay en los seres voz ni movimiento,
El corazón del mundo no palpita...

Pero no se trataba solo de los versos, allí estaba la voz del poeta, de un hombre que poco antes hablaba de ingeniería, de la riqueza de los suelos, del paso inminente de los cables aéreos y de los ferrocarriles que remplazarían a los diez mil bueyes que bajaban la cosecha cafetera hasta el río Magdalena para ser embarcada hacia los puertos lejanos, y subían entre los peñascos y el barro las mercaderías inglesas, los paños, las herramientas, las armas, y a veces también los pianos, los jarrones y las alfombras para los nuevos ricos de la cordillera.

Esa misma voz llena de sentido práctico, de conocimiento científico, de información geográfica, ahora les daba también una ráfaga de asombro y misterio, los hacía sentir parte no solo de un país que luchaba por abrirse al mundo, sino de un planeta que giraba silenciosamente en el abismo universal.

¡Se acerca el centinela de la Muerte!
¡He aquí el Silencio! Solo en su presencia
Su propia desnudez el alma advierte,
Su propia voz escucha la conciencia.

Cruzo perdido el vasto firmamento,
A sumergirme torno entre mí mismo:
Y se pierde otra vez mi pensamiento
De mi propia existencia en el abismo.

Y así llegó al momento tremendo en que les reveló el sentido de esa otra inquietud que llenaba sus vidas, la de esas edades muertas sobre las que caminaban sus días y reposaban en la noche sus cabezas. Otras humanidades que existieron y pasaron.

Delirios siento que mi mente aterran...
Los Andes a lo lejos enlutados
Pienso que son las tumbas do se encierran
Las cenizas de mundos ya juzgados...

Solo después de la muerte de mi madre comprendí que he debido preguntarle sobre su vivo interés por el mundo de los indígenas, su deseo que nunca cumplimos de visitar las ciudades perdidas, de ver las esculturas de piedra de los hombres jaguar y de los hombres cóndor, la cara de la Luna que nos ocultaron las escuelas, el rostro que se forma uniendo los puntos del mapa de las tumbas, quizá lo que su padre persiguió en vano con sus túneles de conejo, todo lo que su abuelo Benedicto preguntó con su pala a la montaña silenciosa. Pobres y pegados al suelo como cangrejos y como caracoles creíamos pedirle a la tierra su riqueza, la bendición de sus lagartos de oro, pero en realidad estábamos de rodillas ante las tumbas suplicando un poco de memoria, la verdad de esa mitad de nosotros mismos que no es un secreto de la raza sino de la conducta, y que solo un poeta del cañón del Gualí, sin deudas con los indios muertos, se atrevió a formular.

Se llamaba Diego Fallon, era hijo de un ingeniero irlandés y había pasado en Londres su juventud. Su mundo remoto de poetas y aventureros se iba regando por las montañas en forma de mercancías, de dibujos, de inventos y de músicas. Y esos versos hicieron que un pueblo al otro lado del cañón del Gualí dejara de llamarse Santa Ana, la región de las grandes minas de plata, y empezara a llamarse Falan en honor del poeta. Falan, el pueblo que yo creí ver desde los cerros de Fresno durante toda mi adolescencia, cuando en realidad estaba viendo a Palocabildo.

Las cenizas de mundos ya juzgados…

El último verso todavía resonaba en el aire, y dejaba casi imperceptible en las almas otra pregunta, no solo por el pasado abrumador y estremecedor de los indios y de sus reinos desaparecidos, sino la pregunta que alentará siempre en todos los humanos, de si somos la primera vida que hay en el universo, o si giramos por abismos donde ya otras humanidades vivieron y pasaron, donde otros templos, otros sueños y otros dioses se disolvieron en la eternidad.

17

Cuando pasó el poeta, la región había dejado de ser una selva sin nombre para ser tierra de colonización. Miles de familias se asentaron en pocos años en lo que antes era la concesión Aranzazu y las regiones vecinas. Y allí continuó la saga de los caminos. La inmensa cosecha cafetera bajaba al lomo de los bueyes orillando el Nevado hasta la tierra caliente, las mercancías de Inglaterra llegaban al puerto de Honda, y a lomo de buey y de mula se iban repartiendo por las montañas. A pesar de la guerra, ya había llegado la primera prosperidad, y se hizo cada vez más necesario desembotellar las cordilleras, ocultas en sí mismas durante siglos.

Yo sabía que las mujeres se casaban muy jóvenes, pero solo un documento vino a revelarme que Rafaela tenía catorce años cuando se casó con Benedicto, diez años mayor. Tenían que casarse para que los padres les permitieran emprender el camino, pero si ver la selva de Florencia empezó a ilustrarme sobre las penalidades del viaje, más duro es pensar que Rafaela iba ya embarazada en esa aventura. Tal vez por eso necesitaba tanto a su amiga Josefina, que desde entonces no la abandonó, y tal vez la decisión de quedarse apenas cruzado el cañón, en las primeras tierras que les ofrecieron, no se debió solo a su agrado por esas pendientes tan arduas, que después aprendieron a amar y a dominar, sino al hecho más urgente de que su hijo estaba por nacer. Así hicieron el viaje, que pudo durar meses, de manera que soy el biznieto de una niña, porque ella tenía quince cuando nació mi abuelo Vicente, en 1895. En tiempos de la colonización, este era un país muy joven, más de la mitad de la gente tenía menos de veinte años, todas las hazañas las hacían los muchachos. Cuando vino la guerra de los Mil Días, sus víctimas fueron esos jóvenes ardientes con los que se habría podido construir un país.

En esos años nacieron Félix Antonio, Pedro Pablo y Jesús María. También bajo el cielo atormentado de la guerra, que no se oía a lo lejos pero que igual cegaba los caminos, llenando el mundo de zozobra, nació Benito. Y a partir del año 10 nacieron Santiago, Luis Enrique y Rafael. No acababa de llegar el último cuando ya al primero se lo estaban llevando a prestar su servicio militar en la ciudad de las montañas. A mí me cuesta reconocer a mi abuelo Vicente, a quien conocí a sus sesenta años, en ese cabo segundo apoyado en una silla, en la fotografía que tuvieron siempre en mi casa. El quepis bien calado y el uniforme no logran disimular la falta de rigidez militar, la ausencia de toda pose heroica en ese muchacho que sabe simplemente que hay que pasar dos años de conscripción para poder volver a la vida.

Pero me gusta imaginar qué habrá visto mi abuelo en Manizales a los veinte años, en 1916, cuando la ciudad ya vivía su prosperidad, y todavía la imprudencia alzaba barrios enteros de casas de tabla parada, que solo tienen sentido aisladas y en los campos. Esas casas hermosas de tejados de barro y corredores con barandas llenaron los campos de la cordillera y, como me reveló un día Simón

Vélez, nada tenían que ver con la tradición española de las ciudades coloniales, de patios con fuentes y muros de piedra, sino que llegaron con los ingleses que venían a explorar los yacimientos de oro y de plata: estaban inspiradas en los *bungalows* de la India y en las casas livianas de madera que alzaron entre los cocoteros del Caribe. Todos los pueblos de la región del café se llenaron de esas casas, y uno tras otro, a trechos y a veces del todo, fueron después alimento del fuego. La ciudad que mi abuelo vio en el 16 no duraría mucho: esa imprudencia de la construcción, haciendo contiguas las casas que solo convenía hacer aisladas en los campos, separadas por patios solares y jardines, permitió que en un incendio inmenso media ciudad ardiera irreparablemente, y también permitió que comenzara el auge de la nueva arquitectura republicana, pues los señores de Manizales sí tenían con qué contratar arquitectos ingleses y franceses para hacer edificios más resistentes. No solo había que protegerse de los incendios, sino también de sismos terroríficos: la ciudad está sembrada en las faldas de un nudo de volcanes que cada cierto tiempo sacuden la piel de la cordillera, llueven ceniza sobre el mundo, despiertan con rugidos y fumarolas.

Una vez el recluta sirvió de guía a un general de los Mil Días que debía hacer el camino entre Mariquita y Manizales en tres jornadas extenuantes: la primera hasta Petaqueros, la segunda hasta Frutillo, en Herveo, y la tercera pasando por Letras, junto al Nevado, hasta la brigada en Manizales. Es un viaje increíble porque cada una de esas paradas está mil metros por encima de la anterior. Mi abuelo lo planeó de tal manera que por primera vez en dos años pudo pasar una noche en Guayacanal, abajo en la hondonada, y en el duro trayecto pudo ver que empezaba a cumplirse el anuncio que había hecho el ingeniero poeta en una noche lejana de su infancia. Con hileras de mulas y bueyes, legiones de hombres estaban tendiendo desde Mariquita el cable que iba a bajar la cosecha cafetera hasta la llanura y el río. No hacían nada distinto a seguir el trazo del camino de los bueyes, la herida que había abierto Elías González sobre el lomo ciego de la montaña.

Aquí la necesidad hizo que las gentes no tuvieran la opción de escoger dónde hacer sus ciudades: las alzaban donde lo permitía el diablo, y Manizales es una prueba de ello. La vieja humanidad hizo sus urbes en las llanuras y a orillas de los ríos, eran menos amantes de poblar las cornisas, de construir en las pendientes, de hacer barrios oblicuos. Hasta las colinas eran aceptables, con vista sobre amenas llanuras, pero así como mis bisabuelos tuvieron que enamorarse del abismo, alzar sus casitas a merced de los vientos y de las tempestades en las gargantas del cañón, una arriba de la otra, escalonadas sobre los barrancos, así la ciudad que crecía detrás de los acantilados lluviosos fue también un invento del vértigo. Quizá porque al comienzo nadie pensó que sería una ciudad: era un caserío de colonos tratando de evitar que los expulsaran los testaferros incendiarios de la gran concesión, pero se fue extendiendo con rapidez, no había manera de escoger otro sitio, y cuando de repente las cosechas la hicieron desbordarse como un sueño, ya no resultó fácil llevar centenares de casas para otra parte. Ese tejido de frágil madera era un testigo de la precariedad del origen; el crecimiento, un signo de inesperadas bendiciones, y uno al final más ama lo que más le ha costado.

TARGETA DEY IDENTIDAD #197.

Registro de Targeta de Identidad

VELEDERA HASTA EL CINCO 5 de DICIEMBRE de 1.945.
ADMINISTRACION DE CORREOS DE FRESNO TOLIMA.

Fresno Diciembre a 5 de 1.942.

APELLIDOS COMPLETOS: Buitrago Vda. de Buitrago.

NOMBRES COMPLETOS: Maria Refaela

PROFESION: Oficios Domesticos; NACIONALIDAD: Colombiana.

DOMICILIO CIUDAD: Fresno Tol.

AÑO Y LUGAR DE NACIMIENTO:1.880. Sonsoñ Ant. Octubre 15 /1880

ESTATURA: 158. Centimetros

CABELLOS: Castaños Canos.   SEÑALES PARTICULARES.
                                   Un Lunar en la nariz y otros dos
OJOS: Pardos Medios   en la quijada.

PIEL: Trigueña.

        El Admor de Correos Nacionales:

                        Emir Bustos

Firma del Testigo.

        Clemente Delgado #1020912 fresno

Firma del Testigo.

Como les pasó a todos mis parientes, Manizales fue la primera ciudad que vi en mi vida, y algo en mí solo admira una ciudad si tiene barrios altos, horizontes absurdos, calles que se hunden, regiones que se sumergen y vuelven a emerger, como si en la inmovilidad del tejido urbano quedara algo de tempestad marina, de modo que uno nunca olvide que en el corazón de la civilización algo nuestro está todavía extraviado en el desamparo de la naturaleza. La prosperidad fue cada vez mayor, y se fue irradiando a las tierras circundantes.

También alrededor de Guayacanal iban llegando nuevos propietarios. En la vieja casa de la loma, de tabla parada con corredores y chambranas bajo un largo tejado amarillo, todo lo había contagiado el espíritu de Rafaela. Le gustaba la música, recibía con entusiasmo a los guitarreros de la provincia e incluso a los músicos que llegaban del otro lado del cañón. Terminada la guerra, la casa era ya un cruce de caminos; el caserío más cercano, Guarumo, era apenas un alto para las recuas de mulas y para las repetidas yuntas de bueyes, y aunque estaba plantado en la ruta principal parecía apenas una prolongación, una proyección de las casas del campo. Ya conté que sentada en el corredor por la mañana, cada domingo, Rafaela contaba las gentes que subían al mercado del pueblo y al terminar la tarde tenía comida para todos en el abierto comedor familiar. Y no sé si fundó o heredó la costumbre de esperar a alguien más, porque ponía siempre en la mesa el plato del peregrino.

Algo no le gustaba, y era la pasión por la cacería que mostraban sus hijos. "Mis nietos no sabrán lo que es un guatín, un saíno, una comadreja, un cusumbosolo, un armadillo", decía, "los matan sin la menor necesidad". Tal

vez por eso sus nietas amaban tanto los pájaros. Siempre recuerdo que hasta el final de su vida mi madre se pasaba las tardes hablando con las torcazas. Recordaba sin mucho agrado que a los hombres les gustaban las armas aunque no había violencia, y Luis Enrique las obligaba a disparar cuando eran muchachas, solo para que supieran hacerlo.

Entre el año en que Vicente regresó del ejército y 1920 las cuadrillas de trabajadores acabaron de hacer el tendido del cable, ensamblaron en los picos las 375 torres de acero traídas de Inglaterra, y padecieron la alarma de que la torre principal, destinada a alzarse a 3.500 metros de altura en Herveo, sobre la profunda depresión del salto de Yolombal, terminara en el fondo del Atlántico cuando el barco que la traía fue alcanzado por un submarino alemán. Tuvieron que hacer una estructura idéntica, no de piezas de acero sino de troncos de árboles de la cordillera, de encenillo y laurel, de comino y abarco, de cedro y quimulá, y sirvió mejor que las otras todo el tiempo que estuvo sosteniendo aquel cable sobre la cordillera.

Y tras una larga espera, fue un acontecimiento inolvidable ver pasar por las alturas en la niebla las primeras vagonetas cargadas. Nadie supo en las hondas montañas que el día de la inauguración, en un club de Manizales, una réplica diminuta del cable circulaba por todo el salón entre los brindis de los señores, pero allá abajo los campesinos sintieron que llegaba otra época cuando el dibujo del cable en las lomas, con sus vagonetas y sus torres, empezó a convertirse en una de las frecuencias del paisaje.

Por entonces aparecieron en el horizonte las muchachas del otro lado del río, hijas de un gamonal conservador de Caldas, Venancio Muñoz, un hombre curtido, arrogante y feudal, que había trabajado para la concesión, y que recibió tierras cuando la concesión fue repartida. Con los paseos a las fincas de Caldas vinieron los amores de Vicente con Regina, de sus hermanos con las hermanas de ella, y tres hombres de una familia acabaron casándose con tres mujeres de la otra. No había muchas familias en el cañón inmenso, las opciones no eran demasiadas; los veinte siguientes fueron los años de las multiplicaciones, y al cabo de ellos ya habían nacido casi cincuenta nietos de Rafaela.

Venancio, el bisabuelo, era despótico: en la extrema vejez todavía exigía a los nietos recibir su bendición de rodillas. Muchos aceptarían con sumisión esas ceremonias feudales, pero los nietos de Mamá Rafaela, más bien libres y alegres, no estaban para venias: apenas si doblaban la rodilla de prisa, y el abuelo feroz gritaba indignado que parecían arrancando yucas del surco, que nada podía esperarse de unos pequeños salvajes que no recibían sus bendiciones con la devoción necesaria.

Fue después de su matrimonio, en el año 20, cuando alentado por relatos que oía Vicente volvió a Manizales, viajando por el cable. El mecanismo de las vagonetas estaba diseñado solo para carga, pero nadie podía impedir, en regiones tan difíciles, que las gentes de la región lo convirtieran en vehículo de pasajeros. Yo vi las vagonetas sobre el abismo, y recuerdo haber visto, recortadas en la niebla, las siluetas de esos viajeros temerarios.

Pero fue tal el vértigo de cruzar sobre las hondonadas en el frío de los tres mil metros de altura, apenas aferrado al tubo de la vagoneta, sin un lazo de seguridad y con la cabeza aturdida por el mareo, que en algún momento mi abuelo estuvo a punto de desvanecerse y dejarse caer al abismo, de modo que juró no volver a intentar ese transporte, y regresó a la casa por el largo y tortuoso camino de los bueyes. No volvería a la ciudad sino en el año del incendio, cuando hasta la catedral de maderas balsámicas fue devorada por el fuego, y más tarde, en el año 38, cuando tuvo que ir con su padre, Benedicto, a buscar un abogado para Pedro. Entonces trajo la noticia de que estaban construyendo una nueva catedral.

PARTE:

ros Municipales.............

te de la República.............

FRESNO

DEL TOL...

18

Viniendo ya de Manzanares, lo primero que recordé fue a Josefina contándome viejos sucesos de la familia, pero enseguida me pregunté cómo sería el puente que cruzaron Benedicto y Rafaela el primer día, para tomar posesión de su tierra. Quién sabe si tuvieron que tenderlo ellos mismos: todo era selva virgen, el río corre muy abajo, entre peñascos, y es peligroso. El puente de hoy tendrá unos treinta metros, pero está por lo menos a ochenta por encima del curso del río. Y claro que hubo otros: ya recordé un día en mi niñez cuando detuvimos un viaje a Manzanares porque al puente se lo había llevado la creciente. Para ayudarle a la memoria, allí están las piedras fantasmas del puente viejo, tan arruinado como la ermita colonial de la que apenas quedan huellas.

Aquella noche no las vimos: cuando lo cruzamos con Mario, Andrea, los niños y Óscar, la oscuridad ya cegaba el cañón. Yo iba hablándoles del camino entre Salamina y Mariquita, de la campaña de Jiménez de Quesada y de su cristo negro, de las minas de Falan. Recordé al ingeniero de ferrocarriles que pasó por Guayacanal cuando el abuelo era niño, que después reveló ser poeta y declamó en la casa para ellos su poema "La Luna". Y lo primero que intenté encontrar en la pendiente fue la casa de Teresita, el único ser de la familia que todavía vive a orillas del Guarinó, en la soledad de esos abismos. Es hija de Benedicto, a quien siempre le dijeron Benito, para diferenciarlo de su padre, nieta de

Rafaela, y no hace mucho tiempo la habíamos visitado, en uno de los últimos paseos con Liborio y Clemencia.

Quince personas llegamos de repente, sin avisar, como en los tiempos viejos, invadimos la pequeña sala en penumbras donde la obra de arte que parece en el fondo una pintura luminosa de guaduales y casas de montaña, helechos y sembrados, es en realidad la ventana que se abre al cañón. No habrá casa en las ciudades que tenga en su sala un cuadro tan exuberante y tan bello. En Teresita está viva la hospitalidad de hace ochenta años: cuando nos despedíamos nos propuso quedarnos y pasar allí la noche, aunque tiene apenas una sala y un cuarto. Estaba segura de poder armar un albergue para todos y alojar a quince personas hasta la mañana. Me conmovió que alguien sintiera todavía que en una casa caben, por pequeña que sea, todos los que caben en el corazón.

Siete casas más arriba hace muchos años vivía Josefina. Y allí he debido comenzar mi relato, porque fue allí donde en 1938 el Indio Alejandrino y Alfredo Bedoya cayeron a bala y machete sobre Santiago Buitrago. Vivían todavía los bisabuelos, y ese fue el más grande dolor en la vida de Mamá Rafaela. No habían tenido más riqueza que una familia grande y una montaña indócil, pero con el café la región se hizo próspera, y sin llegar a ricos vivieron plenamente en los campos, hasta cuando a finales de los años treinta una racha de sucesos dolorosos conmocionó sus vidas y empezó a desintegrar ese mundo.

No sé si fue el hecho de haber llegado al fin a Manzanares, o el hecho de que Liborio muriera poco después, harto reconciliado con la idea de morir y convencido de que todas esas gentes de su infancia lo estaban esperando en algún lugar, lo que desencadenó en mí el deseo, o la necesidad, de contar esta historia. Le pedí a Adiela dejarme ver las fotografías que colecciona desde hace tiempo, volví a mirar las que nos dejó mi madre, empecé a obsesionarme no solo con la memoria de la familia, sino con los temas de la colonización del siglo XIX y la fundación de los pueblos de Caldas y el Tolima.

Cuando ya casi no quedaba a quién hacérselas, empezaron a brotar las preguntas. Hablé con unas pocas gentes de aquel tiempo, y un día Adiela me llamó para decirme que a Margarita Cifuentes le gustaría hablar conmigo y mostrarme sus fotografías. Margarita fue la esposa de Luis Enrique. Hubo un tiempo en que el nombre de Luis Enrique Buitrago llenaba esas montañas. Si Benedicto les había dejado fincas diversas a cada uno de sus ocho hijos, la mitad de la tierra, Guayacanal, fue para Rafaela. Y dado que en la casa solo quedaba un hijo soltero, pues Rafael, el menor, seguía una carrera eclesiástica, Luis Enrique fue el administrador natural de esa tierra inmensa y se convirtió en el señor de Guayacanal.

No tuve nunca una relación cercana con él, pero un día, hace quince años, nos invitaron a celebrar su cumpleaños noventa en la vieja casa de Mamá Rafaela, que todavía era propiedad suya. Liborio, como de costumbre, y un poco más, invitó a todo el mundo, y fue una tarde alegre donde estuvimos con Andrea y mis padres, con tíos y con primos, y donde corrían y saltaban montones de nietos. Hacía mucho tiempo no estaba reunida tanta gente de la familia, y fue como una cita ritual porque al caer la tarde, después de la comida, los cuentos, las canciones, de pronto Luis Enrique se sintió mal y se fue muriendo en la misma casa donde había nacido, rodeado de quienes habían venido de todas partes para festejarlo.

Las fotografías de Margarita me conmovieron. Por la cédula de ciudadanía de Benedicto, un viejo documento escrito a mano, minucioso de señas personales, advertí que mi abuelo Vicente era la exacta réplica de su padre. En ese rostro noble estaba trazada una voluntad pertinaz, y la capacidad de soportar la adversidad sin quejarse me pareció un rasgo que venía de lejos. Es asombroso ver a esos seres que conocimos ya mayores, a los que vimos envejecer y morir, como eran cuando estaban llenos de juventud y de esperanza, ver caras momentáneas de sus días, un viaje a la ciudad, una navegación por el río Magdalena, la tarde en que las muchachas estaban reunidas con la abuela y alguien trajo guitarras. Reconocer en esos rostros jóvenes, llenos todavía de ansiedad y de sueños, los rostros que más tarde la vida deformó sin misericordia, endureció con desengaños, afligió con tragedias, ensombreció con crímenes.

Pienso en Regina, que murió a los noventa y nueve, y que hasta los días últimos, postrada en su silla, estuvo rodeada de nietos que no fueron vástagos de su carne sino de su espíritu, de su inmensa capacidad de amar y acompañar, de ayudar y de proteger. Qué extraño es verla a los veinticinco años, con el cuerpo ágil, la mirada traviesa, la sonrisa profunda de quien está contento de sí mismo. Esas imágenes no eran para mí anécdotas de momentos casuales sino evidencias de una manera de vivir: los peinados, los trajes, la serenidad de otra época, también cargaban de sentido los hechos. Y nada me conmovió tanto como una fotografía del año 39, en la que se ve a un grupo de personas ante una tumba.

La anciana cubierta por un manto, de rostro doliente y sombrío, es Mamá Rafaela. Está viendo la tumba de Santiago, su hijo, asesinado a bala y a machete por el Indio

Alejandrino. Se puede sentir el dolor, el tormento todavía en su alma, el súbito endurecimiento de sus rasgos, que hasta poco antes eran serenos y dulces. El luto que acaba de empezar durará casi el resto de sus años. Allí está, mirando lo inexorable, lo que nadie puede cambiar. Santiago, de veintinueve años, ha dejado viuda a Azucena, de apenas veinticinco, y esos hijos que estaban con los abuelos a la sombra del palomar.

Lo que estamos viendo es el entierro de Santiago. Al lado de mi bisabuela está Rafael. Vino desde el seminario, y está sumido en una honda meditación, la introspección dolorosa que, sospecho, le cambió la vida. Junto a él está Azucena, la viuda, la mujer más bella que hubo en esas comarcas y en aquella época, con la belleza ensombrecida pero también intensificada por el dolor. Casi me parece oír el silencio, y detrás del silencio el rumor del viento en las ramas, el soplo del viento en la hierba. Me asombra que Rafael haya podido venir al funeral de su hermano: un viaje urgente desde Medellín en 1939 no podía ser fácil, y me conmueve poder ver el final de un acontecimiento que marcó a todos los de entonces, y que a mí mismo, que nací quince años después, me ha perseguido como una obsesión.

En el grupo de al lado están mi tío Carlos, de trece años, mi madre niña casi perdida en la sombra, Regina con la cara serena de sus veinte años y el pequeño Vicente. Los gestos son solemnes, tomaron fotografías ante la tumba, era un hecho trascendental. Sé que están en el cementerio de Padua, que todavía se llamaba Guarumo, en lo alto de la colina, cuando se empieza a destejer un mundo, cuando por primera vez en medio siglo están presintiendo el final, sintiendo pasar su hora feliz, porque el horizonte comienza a llenarse de nubes oscuras.

Y debo contar por fin lo que me contó Josefina cuando yo tenía trece años, cuando ella por alguna razón descubrió que yo sería el portador de esta historia para quienes no la conocieron. Los hechos ocurrieron en su propia casa, un mediodía de 1939, antes de que muriera mi bisabuelo Benedicto y antes de que muriera Román Villegas, dejando viuda a Clemencia con apenas dieciocho años y una hija en el vientre. Santiago fue el sexto de los hijos de Mamá Rafaela, y el más inquietante de todos.

Al comienzo creí que era él este muchacho de sombrero blanco, cejas espesas, ojos grandes y grises y rostro tranquilo, que si no fuera por el bigotito sobre los labios finos uno advertiría más pronto que es casi un niño, a pesar del traje oscuro con chaleco, del corbatín florido y de la mano que empuña la solapa con gesto teatral. Pero finalmente supe que ese muchacho galante es Benito, el más sereno y tenue de todos los hermanos.

Santiago era distinto, despertaba más pasiones y tal vez más odios. Viendo la foto que me mostró Carlina, cuando por fin conseguí visitarla, puedo imaginar al seductor que había en él, las mujeres bellas que lo rodeaban, incluso la furia de los hombres que lo mataron.

En la otra fotografía no está solo, está con Azucena y han debido hacerla por los días de su matrimonio; han sacado las sillas al jardín y posan entre la hierba florecida; ella con el cabello corto y ondulado de los años treinta, él con traje y corbata, y unas ojeras profundas que prolongan la oscuridad de las cejas, que hacen notar más la claridad de sus ojos. Yo, que supe de su muerte desde mis trece años, solo he venido a conocer su rostro muchos años después, a ponerles cara a mis preguntas y a mis fantasmas.

19

El perro de Santiago ladraba como un diablo pero no podía oír un disparo porque echaba a correr. Era en una de esas temporadas en que Josefina se apartaba de la casa, y vivía con su familia abajo, cerca del río. Los hijos de Rafaela la visitaban, y Santiago tenía la costumbre, cuando iba a revisar las trampas para borugos entre La Unión y El Diamante, de detenerse en su casa para conversar y tomarse un café bien cargado. Cuando oyó los cascos del caballo y los ladridos del perro, Josefina supo que era Santiago quien venía de visita, y que era la hora de poner el agua en el fuego. Las herraduras dejaron de sonar, él debía estar anudando el lazo en el naranjo, viniendo por el corredor, entrando en la cocina que estaba azul de humo, pero cuando se dio vuelta para saludarlo no encontró nada, sino la luz del mediodía quieta en los helechos del patio.

El perro comenzó a ladrar de nuevo. De pronto, una detonación pareció romper la casa por dentro, y entonces el perro aulló y corrió loma arriba. Josefina oyó gritos, y ya no pensó en Santiago sino en su hija, que había dado a luz poco antes y descansaba con el bebé en el segundo cuarto. Sin saber qué pensar, empuñó un machete viejo que la piedra de amolar había convertido en cuchillo, y corrió hacia los gritos. Cuando entró, la habitación era un cuadro de horror: Santiago, caído en la cama, no conseguía defenderse del machete de un hombre que estaba encarnizado sobre él. Su hija, con el bebé en los brazos, acorralada contra la pared, miraba la escena con los ojos espantados. En esos cañones todo se oye muy lejos: arriba de Los Pinos, Regina iba con Liborio de seis años a llevarles la comida a los trabajadores, y oyó el estampido, pero no podía imaginar lo que pasaba.

Josefina no alcanzó a sentir miedo: corrió con una mezcla de asombro y de furia, y lanzó una cuchillada y otra más, que alcanzó a cercenar un pedazo de la oreja derecha del hombre. El asesino se dio media vuelta, con ojos de ira, y abandonó al herido para descargar contra ella el machete. Ella logró esquivar el golpe que le buscaba el cuello, pero el filo pasó rayando el brazo izquierdo que alzaba para protegerse. Un segundo machetazo la alcanzó en la cabeza. Lo que el hombre le dijo hay que ser colombiano para entenderlo: "Chupó por metida". Quería decir que no era a ella a quien venían a matar, que si se hubiera quedado aparte nada le habría pasado.

Josefina ni les prestó atención a sus heridas. Solo en ese momento advirtió al otro hombre, que no parecía estar al comienzo, los vio salir corriendo, cruzar el patio y perderse bajo los naranjos. Sacó a la hija y al nieto del cuarto, los dejó en la alcoba de al lado, y corrió angustiada a auxiliar al muchacho. Santiago era casi su hijo: tenía veintinueve años y ella sesenta, pero Josefina había sido la nodriza de todos, incluso de mi abuelo Vicente, el hermano mayor. Salió sangrando al patio y gritó para ver si venía alguien, y ya varios vecinos venían alarmados por el disparo y por el aullido del perro.

El balazo le había perforado el estómago. Días más tarde encontraron la bala, el plomo retorcido, en el fondo de la funda de su machete, donde fue a alojarse después de salir por la espalda. Si con el solo revólver habrían podido matarlo, los machetazos tenían otra intención. Las heridas eran muchas y muy graves, pero la más visible era un tajo en la cara, que le descolgó la mejilla.

Los peones vieron a los dos hombres bajar al camino y perderse por la ruta del río. Habían reconocido a uno de ellos y comprendieron que algo muy malo estaba pasando: era el Indio Alejandrino. Ni pensaron en llevar el herido a caballo. Tendieron a Santiago sobre una de esas parihuelas que llamamos paseras, donde se seca al sol el café despulpado, le cubrieron la cara con un pañuelo, más para protegerlo del sol y para ocultar la herida que por tratar de contener la sangre, y cuatro hombres se lo echaron al hombro para subir a Petaqueros, con la esperanza de que algún automóvil lo recogiera para llevarlo a Manizales. Eran planes desesperados: el cruce con la carretera estaba a dos horas a pie desde la casa de Josefina, para el que sube sin carga. Manizales, a cinco o seis horas en carro, por una carretera inacabada y riesgosa, a la sombra del cable que ya no bastaba para la carga creciente. Era una ruta todavía en pedazos, entre barrancos inestables, bosques que manaban agua y abismos pedregosos que entorpecía la niebla. No sé por qué no pensaron en llevarlo a Fresno, que estaba a una hora por carretera. Tal vez en 1939 no había hospital en Fresno, y en un caso tan grave Manizales despertaba más esperanzas. Igual no parecía posible que sobreviviera a cualquiera de esos viajes sin asistencia médica: más allá de la gravedad de las heridas, se iba a desangrar en poco tiempo.

Cuando cruzaron El Vaivén, Jesús María se les sumó, desconsolado. Imelda y Emperatriz, que parecían gemelas, venían detrás, pero se quedaron en el portal, llorando. Mi abuelo Vicente salió de la enramada de La Unión, donde mulas vendadas daban vuelta al trapiche de caña. Encargó a los muchachos el trabajo, y remontó la cuesta encabezando el grupo. Cruzaron el monte de yarumos y helechos, y salieron a los potreros, donde iban informando a los curiosos lo ocurrido. Los atormentaban los quejidos de Santiago, porque los escollos del camino le hacían doler más las heridas. Salieron a las lomas de El Diamante, desde donde se veían los cafetales bajo el sombrío de plátanos de hojas rasgadas, y donde se les unió Félix Antonio, el tercer hermano. No había nubes abajo, en la hondonada del río. Antonio empezó a preguntar detalles del asalto, y detrás de él, de estaca en estaca y de árbol en árbol, voló el gallinazo. Las fincas se escalonaban sobre la pendiente, y los peones casi sufrían tanto como el herido, que no paraba de sangrar. "Yo apenas podía mirar al camino, porque llevaba la pasera en el hombro", contó Esteban después, "tropezaba con las piedras y las raíces, el peso no nos permitía escoger dónde poner el pie, y a cada tropezón el pobre Santiago soltaba una queja". Cruzaron junto a Los Pinos, dejaron atrás el naranjal, los potreros, las hortensias azules. Allí mi abuela Regina salió a ver al herido. Para Clemencia, algo estaba empezando. "Ahora se sigue la tonga", fue lo que dijo.

Entonces de la casa de la loma salió corriendo Rafaela con ojos de espanto, la mano derecha apretando la boca y ahogando los gritos, para ver a su hijo que se desangraba en la pasera sobre los hombros de los peones. Santiago alcanzó a reconocerla: recibió la última caricia en la frente cada vez más pálida, la oyó quedarse atrás, abajo, en la loma, con Mamá Regina, hasta que las borraron los barrancos. Quién sabe si el dolor de las heridas también se iba apagando con la debilidad que crecía.

Llegaron a la casa de Santiago, donde Azucena estaba espantada, porque el perro había llegado ladrando sin su dueño y corría desesperado, pero también porque Vicente y Pedro, mis tíos que eran niños entonces, se iban adelantando por las trochas y contaban lo ocurrido. Los hombres resoplaban de cansancio bajo el sol. Santiago se quejaba en la pasera. Azucena vino temblando como sin entender. Sesenta y cinco años después, todavía recordaba que cuando le descubrió la cara para intentar tranquilizarlo, vio la mejilla abierta por el tajo y casi se desmaya. Era ya un grupo numeroso el que pasó como en procesión, con su santo sangrando, por Los Asientos. Pedro Pablo no estaba en la casa, y pensaron que de todos los hermanos iba a ser el único que no vería a Santiago en su agonía, pues Rafael estaba lejos y ni pensaron en él en ese instante. Pero Pedro Pablo ya los estaba esperando en Petaqueros con una aguja y un carrete de hilo, para tratar de coserle a Santiago la herida de la cara mientras aguardaban el transporte.

Luis Enrique conversaba con Benito en la casa de arriba, donde más tarde hizo construir la escuela para que Margarita no dejara su oficio. Salieron aterrados a sumarse al grupo y a subir la pendiente. Para Azucena, esa tarde había sido la más luminosa de aquellos años, "hasta cuando llegó ladrando el perro y las montañas se oscurecieron desde el río". Papá Vicente recordó siempre que a medida que subían, bajo un cielo sin nubes, las sombras se alargaban sobre el camino polvoriento. Al fin lograron tomar un carro en Petaqueros, que también llamaban Puerto Nuevo: el Buick vino tinto del padre de Margarita, el primer automóvil que llegó a la región, años atrás. Casi todos coinciden en que el cielo estaba despejado, no bajaba niebla del páramo, los cañones inmensos que unen al Tolima con Caldas estaban inundados de raudales.

Cuando Liborio y Regina regresaron de llevar la comida a los trabajadores ya Mamá Rafaela estaba en la sala, rezando con Azucena. Venían intrigados por la detonación y el aullido del perro, y fue Mamá Regina quien les hizo el relato de lo que había pasado. Liborio corrió con Carlos para alcanzar al grupo, siguiendo el rastro de la sangre en las piedras y el polvo. "Aquí pararon", gritaban, si veían mucha sangre. Cuando llegaron a Puerto Nuevo ya estaban abordando la berlina, y Papá Vicente, que iba con el herido, casi ni se dio cuenta de que Liborio subía con ellos. Por eso pudimos saber algo de lo que pasó en la berlina yendo hacia el páramo.

La noticia del ataque se iba regando de finca en finca, y cuando remontaron la única calle de Guarumo ya había campanas al vuelo. Hicieron un alto para que el padre Faustino, que iba envuelto en su capa negra, bendijera al herido. Quería oír al muchacho en confesión, pero Pedro Pablo insistió en que estaba muy débil: si querían salvar su vida había que alcanzar el páramo enseguida. Una bandada de palomas daba la vuelta sobre la iglesia cuando la berlina cruzó frente a la plaza. Santiago tenía los ojos abiertos y estaba muy blanco. La herida mal cosida seguía sangrando. La bandada de palomas giró sobre las torres y las vagonetas del cable aéreo, cuando empezaban a remontar hacia Mesones y los peñascos de Cerro Bravo.

Santiago alcanzó a ver las pendientes de Guayacanal desde las últimas curvas. La berlina tenía vidrios grandes, entraba un viento frío, y la comarca entera se hundía a la distancia: las fincas, las tierras que todavía eran de Benedicto, las casitas sucediéndose sobre las lomas, el camino que culebreaba hasta la línea del río, temblorosa en la última luz. Toda su vida había transcurrido allí; cada recodo, cada bosque, guardaba algún recuerdo. Miró a Guayacanal: vio los pueblos encogidos en la cordillera, Guarumo, La Aguadita, Aguabonita. Tal vez alcanzó a ver la casa de Josefina, la casa de sus padres, su casa, de donde salió esa mañana con su traje de monte, su armónica y su perro, donde besó a Azucena sin saber que ese beso era el último. El niño lo miraba. Santiago respiraba con esfuerzo viendo las montañas que fueron suyas. Más tarde, cuando revisaron la berlina, comprobaron que la sangre había seguido manando de las heridas. Un recodo de la carretera lo borró todo. Avanzaron por cornisas que ya invadía la niebla, ante abismos de hojas negras y dentelladas. Vio las cascadas sin sonido, como si cayeran muy lejos, en otro mundo, y ya no escuchó nada, y el frío de las alturas de Letras se le metió en el pecho para siempre.

20

Fue después de la muerte de Santiago cuando volvió La Santa. Habían pasado dos años desde la última vez, pero venía más vigorosa y temible que nunca, la túnica blanca y el manto azul oscuro, el cabello dorado ondeando al viento, el cayado golpeando la tierra, los pies en las sandalias oscuras de polvo. Así me la describió Liborio, y me dijo que recitaba fragmentos de la Biblia, párrafos de las cartas de san Pablo, versículos negros del Apocalipsis.

"Venía anunciando tiempos de violencia, años de sequía, plagas que iban a ser la prueba de la ira divina, venía llamando a hacer penitencia por la conversión de Rusia, contando que el mundo estaba en poder de la guerra, pero esos ojos de un azul muy pálido tenían como un fuego satánico".

Yo creo que las gentes seguían hechizadas a La Santa por las montañas del Tolima con una devoción hecha más bien de miedo. Querían abrir sus corazones y contarle sus culpas, pero La Santa no podía asumir la función de los sacerdotes, se limitaba a fulminar la impiedad con sermones y frases terribles, a predicar la fe, y remitía los penitentes a la iglesia para que abrieran sus corazones ante los voceros autorizados del obispo y del papa.

"Atrás dejamos el terrible escollo de la simonía, pero se alzan ante nosotros los acantilados del mal, y una selva de pecado nos aparta de las ciudades de Dios". La Santa volvía terribles con su voz cavernosa unas palabras que la gente ni entendía: la seguían el día entero por las montañas, y volvían cansados a esperar noticias para los días siguientes. De noche llegaba el rumor de dónde iba a predicar la próxima vez, y los niños arrugaban la frente sabiendo que había que levantarse a las cuatro de la mañana para coger camino con sus padres, monte arriba, monte abajo, hasta las cascadas del río, para asistir a los sermones.

A veces un cura silencioso venía con ella, pero lo más impresionante era el gentío: los campesinos de Guarumo y de Herveo, de Mesones y de Montebonito, de La Aguadita y de Aguabonita, de Partidas y de Manzanares, de las muchas veredas que se escalonan desde el Nevado hasta los chorros de aguas del deshielo, abandonaban cafetales y cañaverales, aguacates y guásimos, maizales, yucales, huertos y ganados, para seguirla y presenciar sus admoniciones, y volvían a las casas de las lomas cargados de miedos nuevos, de relatos urgentes de los últimos días, cuando nubes de langostas zumbaran por el cañón del Gualí y por el cañón del Guarinó, cuando resonaran las trompetas y las tumbas se abrieran, y muertos y vivos hombro a hombro iniciaran el viaje hacia el valle escondido donde los esperaba a todos el rostro del juez, y donde en presencia de la humanidad viva y difunta, y entre vuelos de ángeles, se celebrara el juicio.

El verano era perfecto para esas prédicas: porque el atardecer, perdiéndose por Cerro Bravo y por las nieves del Ruiz, arroja sobre los cañones unos raudales solemnes, dora los pueblos en miniatura de las pendientes, baña de luz sobrenatural las montañas de Caldas, donde todavía está, aunque casi muerta, la tumba de mis otros bisabuelos, Venancio Muñoz y Carmen Cubillos, hijos de Salamina y de Guayabal de Xíquima y muertos muy temprano;

perfila las selvas que se inclinan sobre La Unión y El Diamante, convierte en incienso la humareda de los trapiches, y vuelve fantástico el mundo desde el puente profundo del Guarinó hasta las fondas altas de Petaqueros, en el viejo camino de los bueyes.

La Santa también predicaba en la curva de la Virgen, desde donde entre ramas de carboneros se veían abajo todas las fincas de Guayacanal, las casas que se escondían en los recodos y las que asomaban más lejos con guaduales y plátanos, y jinetes pequeñísimos remontando los caminos tortuosos, y mujeres tendiendo sábanas diminutas en patios vistosos de flores, el vuelo perfecto de los gallinazos que no mueven las alas y parecen flotar en los raudales sobre el abismo, pero nadie dudaba de que Dios había armado ese escenario inmenso para que La Santa pudiera explicarles a las multitudes cómo van a ser los tribunales de los últimos días.

Apareció en las montañas por el año 34, cuando los liberales cumplían su primer periodo gobernando el país. Los púlpitos hablaban con miedo del nuevo gobierno, anunciaban la llegada de tiempos impíos y un presagio del fin del mundo por el cambio peligroso de las costumbres. También ella anunciaba castigo para los que vivían en contubernio, para los que afirmaban que un hijo natural tiene tantos derechos como un hijo bendecido por la Iglesia, hablaba de los signos de los tiempos, y todos se asustaban porque parecían claras las señales: vagabundos y negros llegaban a veces buscando trabajo como peones, con cuentos y guitarras, barajas y confusas costumbres. Los culebreros vendían específicos en los mercados de las plazas; libros de magia negra y folletos de espiritismo se ofrecían en los puestos callejeros; hombres maléficos guardaban las novelas pecadoras de Vargas Vila en estuches de plata, y ya venían los predicadores de sectas satánicas, evangélicos, masones y luteranos. El paso de La Santa era parte de un miedo, un anuncio de cosas por venir. Y es verdad que una violencia desconocida empezaba a oscurecer hogares y pueblos, tal vez el mundo no volvería a ser como había sido durante muchos años, desde cuando legiones de colonos llegaron del norte comprando con oro de indios la tierra de los indios. Los dueños de las fincas rivalizaban por hospedar a La Santa en su peregrinaje, pero ella prefería la casa de Benedicto y las fincas de sus hijos, gentes fieles a la Iglesia, devotas, generosas, y salía bien recompensada de aquellas posadas. Sin embargo, aunque los abuelos la respetaban, no solo a ella le brindaban hospedaje: la costumbre de dar posada al peregrino era ley permanente, y aunque se desvivían por atenderla, también se asustaban con sus sermones y sus profecías, y la verdad es que las hijas y las nietas trataban de esquivarla: les daba miedo ese rostro rosado de ojos desvaídos y pestañas casi blancas, esa voz cavernosa de palabras temibles. Algo en ella efundía un halo de otro mundo, un poder inquietante y perturbador; los días de la visita las muchachas se amontonaban en los cuartos del fondo, escondiéndose unas en el sueño de las otras, y solo a la fuerza aceptaban llevar a la huésped las meriendas que pedía, los vasos de agua y las infusiones nocturnas.

No sé cuántos años sucesivos vino La Santa a predicar en los pueblos y en la montaña. Nadie supo decírmelo, y ya quedan muy pocos de quienes la vieron predicar. Liborio recordaba su voz y repetía frases que oídas una vez se le quedaron grabadas para siempre. Nunca le pregunté si

Mamá Rafaela era también devota, pero sospecho que no tanto: en esa casa la piedad siempre tuvo sus límites. Rafaela tenía amor por los goces de la vida, las fiestas, los viajes; jamás aceptó que su gente y ante todo sus nietas se dejaran llevar por el miedo. Tal vez a ella se debía que miraran a La Santa más con extrañeza y distancia que con veneración y servilismo; tal vez prefería el estilo ceremonioso pero convencional de los curas, antes que estos relámpagos amenazantes derramándose fuera de la Iglesia.

Lo cierto es que a finales de los años treinta La Santa predicó varias veces, pero después pasaron tantas cosas con la llegada de las carreteras, con los inviernos y los líos de tierras, con tragedias que nadie esperaba, que la gente fue perdiendo la cuenta de cuánto tiempo hacía que La Santa no venía a tronar por los campos. Los curas la fueron remplazando en ese arte de clamar y amenazar, y pronto aparecieron también los Encostalados, una comunidad tolimense de la que ya nadie sabe decir si eran cristianos o budistas o hinduistas, que no comían carne y andaban vestidos solo con talares de fique.

Yo los vi pasar en mi infancia, y me infundían una extraña desolación porque no entendía lo que eran, pero la gente los respetaba. No sé si formaban en ellos las primeras víctimas de la violencia o los primeros victimarios arrepentidos, eran un signo de la época, como tantos, y cruzaron por los caminos del Tolima como un pueblo extranjero. Pero unían la sinceridad, la pobreza, el desamparo, una silenciosa fuerza de voluntad, una elocuencia extraña de hechos sin palabras.

Un día, en Guarumo, un bus se detuvo en la plaza y un hombre descendió entre los pasajeros. Aprovechando el descanso del conductor antes de seguir su camino, entró en el café de Rafael Montoya y pidió un tinto. Estaba allí, agachado y silencioso, tomándose su café bien oscuro, cuando alguien se quedó mirándolo y le preguntó con extrañeza: "¿Quién es usted? Me parece conocerlo". El hombre guardó silencio, hizo un gesto vago de saludo, y siguió tomándose su tinto. Pero el otro insistió. "Yo a usted lo conozco", le dijo, "pero no sé de dónde". El viajero pagó la cuenta y se dispuso a ir hacia el bus que lo estaba esperando. Sin responder al que lo interrogaba, salió de prisa, subió a la flota y se acomodó en su puesto. El conductor subió y encendió el motor. El otro, abajo, desde la plaza, miraba hacia el vehículo como exigiendo una respuesta. No lograba entender muy bien lo que sentía. De repente, gritó: "Dígame quién es usted. ¿Qué tiene que ver con La Santa?". En ese momento el bus arrancó. Ya algunas personas se habían aglomerado, no tanto por el viajero, en el que casi nadie se había fijado, sino por la agitación del hombre que gritaba. "¿Qué tiene que ver con La Santa?", gritó de nuevo, cuando el bus ya se alejaba cuesta abajo. De repente el hombre pareció comprender. "¡Era La Santa!", gritó, "¡era La Santa!". Los demás lo miraban asustados. Y nunca más volvió La Santa a predicar en las montañas.

21

Una nube pequeñita se desprende del río al comenzar la mañana; después viene otra, y después de esa otra más, todas con la misma forma, y flotan muy blancas en el cielo azul del verano. Antes del mediodía ya se han juntado en una nube grande que parece respirar y arrastra su sombra allá lejos, sobre los guaduales y las ceibas y las haciendas de la llanura. Viene empujada por los vientos que soplan desde el plan del Tolima, hasta donde se cruzan los ríos, en Honda; luego los vientos tuercen su rumbo por los montes secos de La Dorada, y es al mediodía cuando un viento más fuerte, que viene del oriente, desvía la nube hacia el cañón y la va llevando sobre las crestas de la cordillera.

Al empezar la tarde ya es una nube inmensa que avanza hacia las montañas, y poco antes de las dos, a la hora en que cruzan los loros verdes las playas del Guarinó, la nube empieza a oscurecerse por Samaná, sobre la selva de Florencia, y sobre los carboneros de Pensilvania. Ya a media tarde es un nubarrón que tiene el color y parece tener la dureza de las piedras, que crece y avanza por los cañones de Caldas, que oscurece los pueblos altos de la cordillera, y las gentes comienzan a fijarse en ella. Falta poco para que comprendan que algo inmenso se les viene encima, que va a empezar la borrasca.

Regina, de doce años, la veía siempre desde El Diamante y corría desesperada hasta la casa. Cruzaba el patio gritando, "¡ya viene!, ¡ya viene!", y las muchachas se apresuraban a cubrir con telas los espejos. Hasta lashiguerillas de hojas duras temblaban, y desde Fresno se veían al occidente los primeros relámpagos. Antes de las cuatro, ya era la noche sobre Manzanares. Entonces la niña salía de la cocina con la bandeja llena de ceniza: no le importaba quemarse los dedos con la ceniza todavía chispeando, e iba hasta el centro del patio para empezar el rezo. Desde muy pequeña la aterraban las tempestades: un día oyó decir que haciendo cruces de ceniza en el suelo se podía desviar la tormenta, y desde entonces siempre que veía los nubarrones salía con su bandeja de ceniza blanca y empezaba a hacer cruces grandes en la tierra. Eso tal vez había que verlo de lejos, a lo mejor Dios lo veía bien desde su cielo: una niña en el patio de una casa de las montañas, a la orilla de los desfiladeros, intentando desviar las tempestades.

Dejaba la bandeja en el suelo, y en vez de esconderse como las otras muchachas se alzaba firme frente al cañón y les gritaba cosas a las nubes para que retrocedieran. La nube, con espasmos eléctricos, iba trepando las últimas crestas sobre la línea de casas de Aguabonita, y dejaba caer las primeras gotas gruesas en el cementerio de la montaña, bajo hileras de pinos viejísimos. Entonces se escuchaban los truenos en el cañón del Guarinó.

Mi abuelo tenía que intervenir en ese momento. Porque nubes más grandes se sumaban a la primera, algo que producía resplandores empezaba a ocurrir allá arriba y se desencadenaba sobre la cordillera, donde se encogen de miedo los pueblos brumosos. Vicente corría hacia el patio, abrazaba a la niña, la levantaba en sus brazos y la llevaba hacia dentro de la casa, mientras ella todavía le gritaba sus rezos al cielo. Los vientos que bajan de la gran montaña blanca enfrían las nubes y les dan un color tan plomizo que es negro ya. Se hacen furiosos y continuos los rayos, los relámpagos hacen aparecer y desaparecer el cañón, como una gruta profunda que de repente puede verse hasta el fondo. Ellos entraban en la casa como arrastrados por el viento, cerraban con esfuerzo la puerta y las ventanas, y entonces comenzaba el vendaval.

La mayor de todas era la borrasca de mayo, pero con el tiempo fueron arreciando, y en las temporadas de invierno todas las lluvias eran tempestades. Contra ellas gastaban los ramos que habían anudado en las ceremonias de la Semana Santa, contra ella se alzaban las cruces de mayo, altas y tenebrosas en las cuchillas. Y se volvió una costumbre ver en la tempestad el desastre inminente. Yo de niño advertí que para nosotros la tempestad tenía un sentido que no tiene para otras familias, quizá por la costumbre de que las mujeres corrieran a tapar los espejos cuando se acumulaban nubarrones y empezaban los primeros relámpagos. "Los espejos atraen los rayos", decía mi madre, y cubría con telas negras y moradas desde las lunas de la sala hasta los pequeños espejos de los cuartos. "Los espejos incendian los rincones", decía Celma, haciendo monerías sobre las camas. "Los espejos repiten maldiciones", decía Félix, el ciego.

Tal vez la tempestad les parecía tan grande y tan indomable que intentaban obrar sobre ella en pequeño y en reflejo, cerrar las grietas por donde pudiera deslizarse e invadirnos la casa. Creían en una especie de acuerdo maligno entre los tranquilos espejos de las habitaciones y las furiosas tempestades de afuera. Ante los grandes paisajes sabían que la belleza de la inmensidad no deja de tener algo pavoroso e inexplicable: no veían solo la abundancia divina sino también la desmesura. Y algo significaba siempre esa imagen de la Virgen en los desfiladeros, una madre protectora dominando la inmensidad. Pero es verdad que las borrascas coincidían a menudo con momentos dolorosos de la familia. Fue una tempestad la que mató a Román Villegas en las obras de la carretera, dejando huérfana a Adiela, que aún no nacía, y fue una tempestad la que asustó de tal manera a Imelda, mientras planchaba en la sala de su casa de El Retiro, que la hizo volcar la plancha de gasolina. Esas desgracias encadenadas no tenían que ver unas con otras, pero todos sentían en las tempestades, en sus rayos y en sus truenos ensordecedores, el anuncio de un poder destructivo avanzando sobre las cosas, el presagio de un fin para el mundo que vivieron tres generaciones de la familia en las montañas del Tolima. Acaso sea verdad que solo cuando tres generaciones sucesivas han habitado un territorio empiezan a arraigar las costumbres, pero en estas regiones eso ocurrió muy pocas veces.

Como reyes de otro tiempo, Román Villegas y Vicente Buitrago habían decidido casar a sus hijos, Román y Clemencia, e hicieron los preparativos casi sin contárselo siquiera a los novios. Pocas semanas antes, Clemencia se enteró de que iba hacia el lecho de bodas. Pasó los días previos preguntándose quién era realmente su novio, ese compañero de juegos de infancia recién encontrado de nuevo, y la consoló que fuera tan joven y estuviera tan nervioso como ella misma. Llegada la noche de bodas ninguno sabía muy bien qué hacer, y cuando los invitados los dejaron solos, Román, que había averiguado de urgencia sus deberes, propuso algo que a ella más que obsceno le pareció ridículo. Le habló de sus deberes como esposa,

le recordó las palabras del cura, y ella accedió con una mezcla de vergüenza y de miedo. La naturaleza se abre camino, y aprendieron a agradecer por el alma y el cuerpo. Ella sintió realmente por su marido todo lo que era su obligación sentir: al cabo de tres meses ya se querían, y después de la primera felicidad, mareos y náuseas le dieron la noticia de que iba a ser madre. Román, aunque rico heredero, fue asignado a un cargo en las obras de la carretera. Con el trueno tremendo, Imelda dejó caer la plancha. La plancha azul de gasolina con tanque plateado se incendió al volcarse, la muchacha asustada la agarró como pudo, corriendo el riesgo de quemarse, y la arrojó con terror por la ventana, tratando de evitar que incendiara la casa. Pero cuando asomó al corredor, el rostro de su hermanita Emperatriz estaba en llamas. La niña de diez años, que pasaba en ese momento junto a las barandas, intentó apagarla cuando la vio caer en el suelo, y recibió en su rostro la estela de fuego de la plancha encendida.

Apenas terminaba la tempestad cuando Román, ese muchacho de dieciocho años a punto de ser padre, cumplió el deber de examinar los daños causados sobre los trabajos. Orilló la caseta donde estaba guardada la dinamita, saludó con un gesto a los trabajadores que escampaban bajo el alero, avanzó por la carretera hasta el sitio donde habían instalado el tubo inmenso bajo el asfalto. Entonces vio el montón de piedra y arena represado en el tubo. Era una muralla sólida y corrió junto a ella con agilidad. En algún momento recogió una rama grande que la tormenta había arrancado y que estaba a medias enterrada en la arena. Con la rama hurgó un poco entre las piedras represadas, y no tuvo tiempo de hacer nada más porque la montaña se le vino encima: las piedras y la arena de la represa cedieron de repente, y se vio arrastrado por una avalancha que segundos atrás no parecía posible.

El cadáver lo encontraron muy abajo, casi llegando al río. La corriente de fango y piedra lo llevó en su descenso a lo largo y lo hondo de Guayacanal, y estaba irreconocible. Hace apenas dos años le pregunté a Clemencia, que ahora tiene noventa y ocho, cómo fue el día en que le trajeron la noticia de que el muchacho con quien acababa de casarse y del que estaba esperando un bebé había sido arrastrado por la creciente. Los hechos habían ocurrido ochenta años atrás, pero cuando me volví a mirarla, estaba llorando. Sentí como si hubiera removido con una rama un dolor represado.

Algo más me contó Josefina: ese mismo año, después de una tormenta, volviendo de Guarumo rumbo al cañón, un balazo derribó a Pedro Pablo de su caballo. La bala apenas le rozó la frente, pero lo hizo caer pesadamente bocabajo y él permaneció quieto, escuchando, temiendo que le dispararan de nuevo. Poco después oyó pasos: alguien se acercaba, alguien llegaba junto a él, entonces contuvo la respiración y siguió inmóvil un tiempo que le pareció una eternidad. Los pasos ya se alejaban cuando de repente el atacante se dio la vuelta y le descargó otro balazo.

Esperó mucho rato, sintiendo adentro el dolor de la herida, hasta cuando estuvo seguro de que el hombre no estaba. El caballo, en el que ya no pensaba, se le acercó y empujó su cuerpo con la cabeza. Como pudo se aferró de la rienda, intentó levantarse, se colgó de las crines y en un esfuerzo extremo, sangrando, consiguió montarse en la silla casi sin fuerzas. El caballo emprendió el trote y lo llevó hasta la propia puerta de su casa. Cuando Trinidad se asomó, lo vio con sangre en la cara, casi desmayado sobre el caballo pero aferrado a la silla, y llamó a los muchachos para que la ayudaran a bajarlo.

Sin saber qué tenía consiguieron llevarlo hasta el pueblo, no sé si a Guarumo o a Fresno, donde el médico advirtió que tenía una herida de bala que le había atravesado el vientre, y ni siquiera recomendó operarlo. "No podemos hacer nada", le dijo a Trinidad, "de esa herida se muere".

Pedro Pablo, que estaba oyendo, abrió el ojo azul cristalino y con una decisión y una energía del todo inesperadas, le dijo con voz fuerte: "Primero se muere usted".

22

Tiempo después de la muerte de Santiago, Mamá Rafaela tomó un día un avión en Manizales y fue hasta Medellín, a reencontrarse con su hijo Rafael, pero también con el mundo antioqueño al que le había dicho adiós siendo niña. Me pregunto qué habrá significado para ella, salida a los catorce años de Sonsón, acostumbrada apenas a la vida del campo, tras medio siglo de porfiar con los montes, tratando de hacer vivible una región de abismos y tropeles, de borrascas y avalanchas, ver esa gran ciudad que crecía allá, detrás incluso del origen, de donde procedía todo lo que ella era: su manera de hablar, de sentir, de soñar, el tejido de sus costumbres y de sus esperanzas. Aprendieron cosas nuevas en su aventura por las selvas, en la apertura de plantaciones y caminos, y ahora podía ver el mundo perdido con otros ojos, porque ya era distinta.

Josefina mencionó aquellos viajes de Rafaela en avión o en avioneta a Medellín, pero no alcanzó a contarme qué le dijo ella de su experiencia de volar, viendo ese mundo verde puntuado de finquitas que eran Caldas y Antioquia en la década de los cuarenta desde los aeroplanos de Avianca. Habían pasado años desde la muerte de Gardel en un accidente absurdo en ese mismo aeropuerto de Medellín a donde ahora llegaba, pero los aviones, los discos y la radio eran la fiebre de la época. Ella estaba hecha para disfrutar esas cosas, y lo que trajo al regreso con entusiasmo fue un gramófono Víctor y una colección de discos:

quería que la pesadumbre se apartara, que el enjambre de nietos que la rodeaba y la adoraba no se dejara vencer por la tristeza ni por el azote de las tempestades.

A la casa volvió la alegría, y es grato ver esa borrosa fotografía sepia donde están las mujeres reunidas con la abuela y alguien ha traído guitarras. Mamá Rafaela sigue de luto, aún con el rostro agobiado, pero Azucena ha vuelto a sonreír y Rafael está de regreso, ya sin traje eclesiástico. La muerte del hermano lo había llamado de nuevo al mundo, y ahí está disfrutando de la vida familiar, tal vez llenando el vacío que dejó Santiago, aprendiendo a vivir. La que por fin acaba de abandonar el luto es Clemencia. Enviudó a los dieciocho, tuvo después su hija, y siguió forrada en negro por años, casi hasta los tiempos de la muerte de Gaitán. Yo creí que lo había hecho obligada por Mamá Regina, o por sus tíos abuelos, o por apego a las costumbres, pero hace poco, en Ibagué, me reveló la verdad: ella habría querido seguir de luto la vida entera, más bien tuvieron que rogarle sus sobrinos, su hija, su propio tío Rafael, abandonar por fin el duelo que consumió su juventud. No solo añoraba a su marido, sentía muy hondo la injusticia de que a un muchacho de diecinueve años, con tanta vida por vivir, se lo hubiera llevado en un instante el destino, y trataba de mantenerlo vivo no solo en su memoria sino en el espacio familiar. Fue su manera de quererlo. Era tan joven, la protegía tanto la familia en su duelo, que a falta de un padre Adiela tuvo tres: Luis Enrique, Vicente y Rafael. Eso multiplicaba por tres las ventajas y las dificultades que un padre significa.

Fue breve el paso de Román por la casa, pero trazó hondas huellas: su muerte dejó marcas poderosas en la memoria. Lo digo porque una tarde estaban Inés, Ismenia y Regina cuidando las hortensias del patio, cuando vieron pasar a Román bajo los pinos. Lo vieron como había sido en vida, con su camisa blanca y su pantalón de bota ancha: caminaba a lo largo del corredor y se perdió en el fondo de la casa. Quedaron mudas y aterradas, mirándose unas a otras, agradeciendo que estaban juntas para que después nadie dijera que había sido fruto de la imaginación de alguna de ellas. Recuerdo que en mi adolescencia volví una vez a Fresno de mis vacaciones en Cali con un pantalón de última moda, en el estilo que parecía tan nuevo en los años sesenta del siglo XX: un pantalón negro de bota muy ancha, con líneas blancas de distinto grosor a lo largo. Mi madre me vio, y lo primero que dijo fue: "Así era el pantalón que llevaba Román cuando lo vimos cruzar por el corredor después de muerto".

La avalancha que arrastró a Román venía de Los Alpes. A mí me asombra todavía que Los Alpes exista: cada año, en invierno, una parte de la finca se desplomaba sobre la carretera, a menudo había muertos en esos accidentes, los carros se hundían en el abismo. Como en la carretera de Manizales, donde asechaba una curva especialmente siniestra a la que los conductores de flota llamaban La Chillona, esta curva entre la Virgen y Petaqueros, justo arriba de Guayacanal, daba miedo. Pero si uno se interna por las colinas encuentra una región misteriosa, cubierta por una selva impenetrable, y casi siempre invadida por la niebla.

Allí íbamos antes de Navidad a buscar musgo para los pesebres, y esa es la tierra que heredó Pedro Pablo. Junto a la selva construyó una casa donde la familia vivía a veces, porque tenía otra en las pendientes de Guayacanal. Sin duda, en los años treinta y cuarenta no había tanto miedo, pero más tarde llegó la violencia: debimos huir tantas

veces que para mí se volvió incomprensible que las personas pudieran vivir en la soledad de los montes, en la noche cerrada por el follaje y la niebla.

En esa casa de Los Alpes vivió Pedro Pablo hasta su muerte. Había sobrevivido al atentado que lo derribó del caballo cuando tenía treinta años, y antes había sido absuelto en un juicio en Manizales: nadie pudo probar que fuera cierto que en un rapto de cólera había dado muerte a un hombre en el patio de una fonda. Los rumores decían que Pedro Pablo y Ezequiel Ortiz eran rivales, que se disputaban el amor de una mujer, que siendo vecinos también tenían discordias por la tierra. Se cruzaron en la fonda, entre mucha más gente, y Ezequiel, ebrio, habló todo el tiempo contra él sin mirarlo, aunque también habló en tono de provocación contra varios de los presentes. Afuera, en el camino, uno de sus hijos lo esperaba con los caballos.

Esa noche Ortiz la andaba buscando, porque desafió rudamente a todos sus adversarios, aunque nadie pareció hacerle caso. "Puedo con La Linda, puedo con El Cerro y puedo con Los Alpes", gritó en algún momento, y después de ver que nadie le respondía, salió maldiciendo. A la sombra y bajo el malestar de las provocaciones un clima tenso se estaba formando, otros salieron también y el sitio estaba ya casi solo, cuando se oyeron nuevos gritos y encontraron en el patio a Ezequiel con el cuello cortado por un navajazo. Era el hijo de Ortiz quien gritaba. El patio estaba oscuro y con niebla, pero el muchacho afirmó que habían sido Pedro Pablo y su hermano quienes mataron a su padre.

Días después vino la policía a Guayacanal, se llevaron a Pedro Pablo y a Santiago para Manizales y allí estuvieron presos un año, hasta cuando el abogado demostró que el muchacho no podía estar seguro, en esa oscuridad y en esa niebla, de quién había cometido el crimen. El muchacho parecía firme en su acusación pero luego empezó a vacilar: dijo que un hombre le ofreció un tabaco a su padre y cuando acercó el fósforo para encendérselo, otro llegó por atrás y le dio el barberazo. El abogado hizo apagar las luces y le mostró al jurado que la breve luz de un fósforo, a la distancia en que el muchacho declaraba estar ante los hechos, no daba para reconocer con certeza a nadie, y menos en medio de la niebla densa de esa noche. Eran varios sospechosos, múltiples las provocaciones, y el muchacho estaba predispuesto a acusar a Pedro Pablo porque había oído a su padre hablando mal de él en la casa.

Volvieron libres a Guayacanal, y fue después de eso cuando a Pedro lo derribaron del caballo e intentaron rematarlo en el suelo. Ya era suerte librarse de la cárcel: sobrevivir al atentado fue milagroso, y fue prueba de una indomable voluntad de vivir lo que le dijo al médico que lo desahuciaba. Sobrevivió sesenta años a su hora mortal. Casi a los noventa un día enlazó con destreza una novilla en la finca: ya no tenía la fuerza de antes, el lazo se enredó en su cintura y la novilla lo arrastró un buen rato por los potreros, pero él reía contándolo. "Fue por no haber podido matarlo", me dijo Josefina, "que sus enemigos contrataron al Indio Alejandrino para que asesinara a Santiago". Pero nunca me dijo quiénes eran esos enemigos.

Sus hijas mayores, Deyanira y Genoveva, iban a las fiestas de Guarumo con Mamá Rafaela. Deyanira tenía fama de ser la más bella entre sus primas. Casi no volvieron a verla pero en la familia les gustaba hablar de ella, fieles a su leyenda: dijeron que había perdido la razón y después que la había recobrado, que se había quedado ciega y después que había recuperado la vista. Yo la encontré un día en Fresno, no hace muchos años. Tenía más de ochenta y todavía era bella. Caía la noche en el parque y me pareció que andaba sin rumbo. Silvio, su hermano, me dijo un día que la última vez que encontró a Mamá Rafaela ella iba sola, ya anciana, caminando por la plaza de Guarumo. Yo miré a Deyanira y sentí lo que habría sentido si el destino me hubiera permitido encontrar de pronto a mi bisabuela caminando sola en el mundo: una ternura inmensa, unida a la nostalgia de una edad perdida. Le dije quién era y me pidió ayudarla a encontrar la casa de Luis Enrique porque estaba hospedada allí. La casa estaba justo al frente, y la acompañé hasta la puerta.

Genoveva es muy distinta y es difícil imaginarla perdida. Tiene de su padre el ánimo despierto y una voluntad de vivir que no parece depender para nada del mundo. Se casó con Jorge Botero y toda la vida vivió en una casa sin hijos pero llena de pájaros. Nunca vi tantos pájaros como en los corredores de esa casa que parecía un sueño. Después adoptó un hijo y la suerte de ese muchacho le llenó la vida. Pero también hizo algo que solo ella sería capaz de hacer. Muertos su marido y sus padres, se fue a vivir sola en la casa de Los Alpes, y cuando paso por allí siempre me digo que en una casa grande y sola, en medio de los bosques y la niebla, vive Genoveva, sin miedo, sin cansancio, sin que la afecten el tiempo, ni el clima, ni la sombra. Una mujer con alma de muchacha, sola en la oscuridad, con el sol en los ojos.

23

Todo lo que en el pueblo no se atrevían a decir del padre Faustino lo dijeron después. En aquel tiempo, solo don Alejandro Idárraga tuvo el valor de contar lo que pensaba, pero es que el temor era mucho. Un hombre con sotana infundía más miedo que las bandas de pájaros. Ahora ya hay quien dice: "Yo sé que el padre Faustino desde pequeño soñaba con ser un pontífice". "Ninguno de los curas nuevos mostraba más devoción, pero el obispo le vio el pecado del orgullo en los ojos, en la rigidez del gesto". Las mujeres también le temían, pero reconocían sus méritos. "Era tan hermoso, tan alto, tenía una voz tan fuerte; el obispo sintió, y eso no es raro, que era preciso domar tanto orgullo, porque ese, más que servir a Dios, lo que quería era acercársele". El obispo recordó que el último pueblo de la cordillera, perdido entre las brumas del páramo, estaba sin cura y sin iglesia, y el Espíritu Santo le señaló en el mapa el sitio donde el padre Faustino debía ejercer su ministerio.

Dejaron atrás la llanura del Magdalena con sus sierras periféricas, que según el conductor del automóvil estaban protegidas por cercos de víboras. Vio aparecer las tierras altas, los cañones, pueblos de tulipanes ecuatoriales, de helechos, de platanales, y fue sintiendo extrañeza cuando el viaje siguió hacia los desfiladeros, y aún más arriba, donde el verde se vuelve negro y todo empieza a borrarse en la bruma. Antes de llegar, sintió que no lo estaban enviando a un pueblo cualquiera sino al último despeñadero, y que al obispo lo movía algo más que el desvelo por su rebaño. Fue como si le entregaran el mundo un día después de la caída, y él debiera sacar de la nada lo que la humanidad supo inventar durante siglos. Oyendo en confesión a las gentes, le pareció que no estaban fuera del orden de la Iglesia sino del orden del mundo. Y lo invadió una mezcla de desesperación y de ira: él aspiraba a formar parte de un orden sagrado, merecer las ciudades, no porfiar con un barro amasado por el demonio, espantar como a cuervos los pecados más rudimentarios.

Iba a ser por un tiempo, Dios sabría darle un destino más digno de sus méritos. Pero fueron pasando los meses, los años, y nadie volvió a acordarse de aquel rincón donde él porfiaba por ahuyentar al demonio de su nido en los zarzos, por hacer ingresar a los niños en un temor que no habían alcanzado sus padres. Tenía que ser no solo sacerdote sino maestro y juez, centinela y verdugo. Si le habían confiado la dura misión de saber lo que todos hacían, de ser el pozo donde se vertían los pecados de un pueblo; si ante él ninguno de ellos podía negar sus vicios y sus idolatrías, sus adulterios y sus perversidades, sus imaginaciones retorcidas y hasta sus crímenes, solo Dios entendía qué difícil es vivir cuando uno sabe todo, ser la cruz que carga el peso de la humanidad, sacrificarse por un mundo que ni lo entiende ni lo agradece. Y ya no supo si era Dios o el demonio quien demoraba su alma en esa niebla.

Llegó el día en que el padre Faustino anunció que se disponía a realizar su viaje a Tierra Santa, y de regreso pasaría por Roma. Sabía ya que Roma no estaba en su destino, pero se preparó con todas las ceremonias convenientes: nadie conoce los caminos de Dios y el Espíritu sabe reconocer a los suyos. "Si se va a viajar será con la plata de las Villegas", dijo don Alejandro, a quien le decían el Gago Idárraga porque siempre tropezaba al comenzar la frase. "Cuando llegó no tenía un peso: aprovechó que don Román había muerto y que a Romancito se lo llevó la avalancha para abusar de la fe de la viuda y las hijas". Y después, siempre tartamudeando al comienzo, siguió: "Don Román tenía muchas fincas y muchos lotes en el pueblo, pero lo que le tocó a doña Rosita se lo quedó el cura. Ellas pusieron todo a su disposición, le dieron un lote para construir la iglesia y otro para la casa. La iglesia no la termina, porque se acaba el negocio de los diezmos, los cerdos y las gallinas que amanecen frente a su casa, los racimos de plátanos, los aguacates, el maíz en mazorcas. ¿No manda cada semana un costal a las fincas reclamando el café para los santos? La iglesia nunca avanza, pero la casa sí, y esa otra mina que es la ermita de los retiros espirituales. Y como les quedó plata en el banco, ahora se va para Roma. Pero no basta estar en Roma para ser escogido por el pico del ave divina, como escogen los canarios en las ferias entre todos los sobres el que está destinado a nosotros".

Fue después del sermón del domingo cuando don Alejandro dijo en la plaza que a él no le interesaba irse a recorrer tierras lejanas porque en cualquier pueblo perdido estaban todas las cosas, todas las historias y todas las personas posibles. "Para qué buscar miles de rostros desconocidos si en este pueblo, que no tiene mil almas, viven personas que no se han visto nunca". "Como el cura cada día se entera de lo que ocurre en todas partes, en los caminos solitarios, en las casas cerradas, encima de los zarzos y debajo de las sábanas, no debe ser fácil vivir sabiendo cómo son todos, lo que acaban de hacer, lo que apenas se atreven a contarle a Dios".

El cura emprendió el viaje a Tierra Santa, recorrió Italia de regreso, y volvió decidido a cambiarle el nombre a Guarumo. Era tal vez por llevar ese nombre salvaje y primitivo por lo que la gente se entregaba sin freno a la lujuria y a las riñas. "¿Y encima viene a cambiarle el nombre al pueblo?", dijo don Alejandro. "Sí", le dijeron, "le va a poner un nombre italiano: Padua". "¿Padua? Eso lo único que prueba es que a los pobres curas los educan apenas con breviarios", dijo, "ni siquiera les enseñan un trozo de la historia de Roma, si les importa tanto esa loba. Así sabrían de la lujuria de los papas, de los amores que engendraron al papa Gregorio, de tantos pontífices que nombraron abades a unos muchachitos que eran sus amantes. Si aprendieran un poco más de los venenos de los cardenales, no vendrían a decirles a los campesinos de estas montañas que el mal solo está en ellos, cuando la semilla está en el corazón de todos, y ser obispo o ser cardenal no salva a nadie de estar amasado con el mismo barro sucio de la humanidad".

El padre Faustino no soportaba verlo. Él quería que el pueblo se llamara Padua, para que fuera menos violento. "Qué ignorancia", comentaba Idárraga, "como si Padua no hubiera sido un sitio de horrores y atrocidades, lo mismo que cualquier pueblo de este mundo". "Es que los curas tienen algo irremediable con las palabras: para ellos Dios hizo la luz hablando, creen que todo lo que decimos se convierte en sustancia. Ojalá bastara decir rosa para que la rosa aparezca, y decir oro para llenar las arcas".

Lo cierto es que el cura volvió más irritado, la comida de siempre lo enfermaba, todo le parecía un error: las casas y los vestidos, la manera de hablar y la manera de vivir. Empezó a predicar otras cosas: cómo debía ser el pueblo, qué ropa podían llevar las mujeres no solo en la iglesia sino en la calle misma, hasta qué hora se permitiría a los hombres estar oyendo música en las cantinas; terminaba viendo en todo conjuras de masones, y hay quienes dicen que ya le faltaba poco para autorizar el exterminio de los más liberales.

Oyó decir que don Alejandro no solo tenía libros de Vargas Vila sino cosas peores, y pensó excomulgarlo, pero al viejo la gente lo quería. Vivía con su mujer, con una hija bellísima que se llamaba Dalila y con un hijo adoptivo, en una casa grande abajo de Arenales, y adornaba su mula con billetes de banco. Era una mula negra, grande como el mejor caballo, y se llamaba Sombra. Entraba al pueblo montado en Sombra, arrojando monedas para que los muchachos se fueran detrás de él como en un carnaval, y a algunos hasta les permitía acercarse y tomar los billetes enrollados en las bridas, la silla y el festón de la frente.

Daba la impresión de ser rico, pues hacía con centavos lo que los reyes hacían con tesoros, y todos comentaban su presencia: unos hablando de la mula, otros de los billetes, todos del tartamudeo, y todos repetían sus aventuras. Era pobre pero producía la ilusión de riqueza, y teniendo dificultades para hablar dejaba la impresión de una gran elocuencia. Recuerdo que mi padre tenía ya noventa años y estaba un día en mi casa en Bogotá cuando vio un libro que le llamó la atención. "¿Entonces hay un libro que se llama así?", me preguntó, asaltado por un recuerdo de sesenta años atrás. "Así habló Zaratustra". "Eso es lo que siempre decía don Alejandro Idárraga".

24

El cura había vuelto con la idea iluminada de que el único modo de acabar con la mala fama de ese nido de Gutiérrez, Manjarreses e Idárragas, que era su manera de decir los macheteros, los atravesados y los respondones, era cambiarle el nombre al pueblo. Ahora debía ser Padua, como una ciudad de ángeles de mármol y príncipes de bronce que había visto cerca de Venecia. Y ordenó que nadie volviera a pronunciar en público el nombre anterior. Pero la fuerza de la costumbre es todo, la gente seguía diciendo Guarumo: Guarumo al despertar, Guarumo al mediodía, Guarumo en los avisos de las chivas, en las cartas de amor, en los telegramas de duelo. El pueblo ni siquiera figuraba en los mapas: para el gobierno y casi para Dios no parecía existir, y el cura se aprovechaba de aquello. Al mundo le daba lo mismo que el pueblo llevara el nombre indio de un árbol cenizo de la montaña o de una famosa ciudad italiana. Cada vez más furioso, repetía desde el púlpito que ese cambio de nombre era una orden del cielo, hasta que el inspector Canal le dijo: "Padre, ni crea que la gente va a cambiar sus costumbres porque los amenace la justicia divina. Aquí lo que hay que hacer es poner una multa, y ahí verá cómo eso sí les duele".

Le propuso repartir los ingresos para los gastos de la parroquia y de la autoridad, que era él. Esa misma semana ya no hubo sermones sino carteles en los sitios públicos anunciando que el pueblo se llamaba Padua: quienes pronunciaran el nombre prohibido, que ya no aparecía en los avisos, debían pagar cinco pesos a las autoridades. Así, lentamente, Guarumo se fue marchitando, y Padua empezó a florecer en los labios: eran tiempos difíciles, la plata no abundaba, y este mandato sí tenía la atribución de dar castigo al que no cumpliera la ley.

Llevaban ya varios meses cobrando la multa cuando entró el Gago Idárraga en el pueblo un domingo, cruzó la calle principal entre el alboroto de los muchachos y llegó hasta la plaza. Entre todos los corrillos buscó el principal, donde estaba el inspector Canal, y dijo en voz alta, aunque tartamudeando: "Qué bueno verlos a todos reunidos en Guarumo". El inspector se volvió a mirarlo y le dijo: "Ya sabe que ese nombre no se puede pronunciar: debe cinco pesos de multa, don Alejandro". Idárraga tomó de la cincha de su mula Sombra un billete de diez y se lo extendió al inspector. Mirándolo de frente, entre el silencio que se había hecho en la plaza, le dijo: "E… ese ha sido el nombre de este pueblo desde siempre, y los nombres se deben respetar. No: no me devuelva, porque voy a decir Guarumo otra vez". Enseguida les dio la espalda, y salió del pueblo en su mula, entre el silencio.

El cura finalmente no insistió en la excomunión, y más tarde don Alejandro se burló de él con su máquina de hacer billetes. A la hora de opinar, muchos esperaban a que Idárraga hablara primero. Se reía de los curas y de la gente crédula, criticaba al gobierno, regañaba a los policías, y si alguien se quejaba de males nerviosos o líos judiciales, siempre decía: "Es que usted no ha leído", insinuando que los libros eran tan útiles como las medicinas y los abogados. Asombraba con su conocimiento de los códigos, y el cura prefería no oírlo, porque lo sacaban de quicio sus argumentos. Si iba a misa, buscaba más el atrio que el altar, y dijo que en la puerta se sentía más cerca de Dios.

Cuando mostró en el café de Rafael Montoya su máquina de hacer billetes de banco, la gente quedó maravillada y todos pensaron que se iba a convertir en el hombre más rico del mundo. Así corrió el rumor de que un hombre en el pueblo tenía un aparato en el cual bastaba poner una hoja en blanco y darle vuelta a una manivela para que salieran billetes nuevos de diez pesos por el otro lado, billetes auténticos, no papelitos, billetes de los que nadie podía dudar. La gente creyó entender entonces por qué don Alejandro adornaba su mula con billetes de banco y hasta permitía que los curiosos se los fueran llevando.

Un día entró en la iglesia, fue hasta el confesionario y le susurró a la sombra que estaba al otro lado: "Acúsome padre de haber inventado una máquina de hacer billetes, pero le juro que no es dinero falsificado". El cura ya sabía el asunto y le dijo: "Eso está muy mal, eso es algo que no se debe hacer. Aunque parezcan, los billetes no pueden ser auténticos". Don Alejandro le dijo que no quería obrar mal y por eso venía a confesarlo, y el padre Faustino le ordenó llevar la máquina a la casa cural para mostrarle su funcionamiento. El Gago se puso remiso, no se atrevía, dijo, sentía vergüenza de su invento, mejor iba a dejar la máquina inactiva para no correr el riesgo de caer en pecado. Pero el cura lo convenció de llevar el aparato a su casa y hacerle una demostración.

Don Alejandro era un gran artesano, el mecanismo era ingenioso, el cura quedó asombrado con el invento, y con la calidad de los billetes. Eran auténticos. "Qué… qué debo hacer", decía el Gago con cara de preocupación, y el cura le repetía que solo el Estado tiene el derecho de emitir billetes. "Pero no la puedo destruir, me costó mucho hacerla". El cura dio con la solución: para ayudarlo, le iba a comprar la máquina por el valor justo que le había costado. "Yo entiendo que para usted es un sacrificio renunciar a su invento". Tras muchas vacilaciones, aceptó venderle la máquina y le cobró buen dinero por ella. Se fue contando los billetes y sonriendo, pues sabía lo que iba a ocurrir: el cura puso a funcionar el aparato y sacó unos billetes más, pero después la máquina se averió. Y en otra confesión le contaron que solo Idárraga conocía el truco de meter la hoja en blanco por una ranura, darle vuelta con la manivela al rodillo, y hacer salir por el otro extremo los billetes nuevecitos que él mismo había instalado allí. Pero el cura no podía quejarse ante nadie porque comprar una máquina de hacer billetes también era un delito. Y todo estaba cobijado por el secreto de la confesión.

Por esos tiempos comenzaron las tropelías del Palomo Aguirre, que asaltaba las vagonetas del cable para regalarles el café a los pobres de los pueblos y era la adoración de la gente. Con tantas estaciones era imposible saber dónde iba a ser el próximo asalto, la información de la gente despistaba a las autoridades, y la opinión del padre Faustino fue decisiva para que en las cajas de fósforos, donde imprimían la fotografía del Palomo Aguirre como el hombre más buscado por la justicia, apareciera también la de Alejandro Idárraga. Pero lo hizo apenas por crearle mala fama. Don Alejandro seguía en su casa, como siempre, sin que ningún agente fuera a requerirlo, y en cambio el Palomo sí asaltaba todas las semanas el cable en una torre distinta y se llevaba una parte de la cosecha cafetera.

Idárraga adoptó un hijo, Juano, que más tarde se volvió bandolero, y muchos decían que lo había alcanzado la maldición del cura porque el propio hijo una vez le metió candela a la casa. Las multas obraron su efecto, nadie volvió a decir Guarumo, y el cura logró crearle una leyenda al viejo, poniendo su imagen a circular por los caminos al lado de un bandido célebre, aunque no tenía nada de qué acusarlo, salvo de irrespetuoso. Creo que don Alejandro Idárraga, el padrino de bodas de mis padres, se murió de viejo, viendo con furia cómo entre curas e inspectores de policía mataban las palabras y dejaban el mundo en poder del dinero.

Y mientras tanto, Juano iba creciendo.

25

Hay una fotografía en la que aparecemos mi madre, Nubia de apenas tres años, Jorge y yo, sentados en un prado, sonrientes. No sé dónde andará mi hermana Ludi, que ya tenía ocho. Pero recuerdo bien que estábamos en Pital de Combia, cerca de Pereira, donde mi tío José, uno de los hermanos de mi padre, tenía una finca.

Yo creía que la gente pronunciaba mal ese nombre, y decía Pital de Combia queriendo decir capital de Colombia. Corríamos alegres por los prados, y Nubia no se apartaba de un concjito blanco que inexplicablemente no salió en la foto.

Falta poco para que aparezca mi padre, con quien nos habíamos reunido en Pereira, después de huir de Padua por la llegada de los pájaros. Pronto vendrá a darnos lo que parecía la buena noticia de aquel tiempo: que había encontrado por fin el pueblo donde estaríamos seguros, Santa Teresa. Todavía la violencia no nos ha ensombrecido los rostros, ni siquiera a mi madre, que es una muchacha de veintisiete años.

Parece feliz, y en ese instante sin duda lo es, pero tiene un velo de preocupación. Hay noticias tristes que llegan de Guayacanal, y no de la violencia que está viva en los campos, sino de la casa. Ana sigue enferma, y ahora está muy grave. Este mismo año mis abuelos Vicente y Regina habían venido a Pereira con ella, para hacerla ver del médico. La tuberculosis es contagiosa y no querían exponer a los niños, pero como Inés, la otra hermana, vivía en la casa de al lado, pudimos pasar unos días con Walter y Henry, con Malely y Amparo. No nos dejaron ver a Ana, pero el año anterior, en Padua, ella me llevaba a acompañarla para no quedarse sola con los bebés en la noche, ya que Olmedo no estaba nunca. No sé qué compañía podía

ser un muchachito de cuatro años, pero yo me sentía orgulloso de servir para algo. "Güillan", me decía sonriendo y eso me bastaba para sentirme su amigo. Miro mi rostro en la fotografía y, aunque nada lo anuncia, hoy sé que ese niño está a punto de bajar a un abismo más hondo que Guayacanal, está a punto de descubrir la muerte. Corrió

ese riesgo poco antes, cuando los pájaros entraron en Padua, pero ahora estamos a finales de 1959 y Ana está próxima a morir. Claro que me duele por ella, pero me duele sobre todo por mis pequeños primos, Marina y Óscar, que van a quedar huérfanos.

Esa palabra es demasiado dura. Colombia era una fábrica de huérfanos, y no todos tenían la suerte de ver morir a sus padres tristemente en su lecho de enfermos. Mi amigo Luis Grisales vio cómo mataban a su padre, "a mi padrecito", como dice todavía. Liborio me dijo que el hijo de Julián Buriticá, uno de los muertos de Padua, "cuando la policía le mató a la mamá, se multiplicaba machete en mano y casi acaba con los policías antes de que lo mataran". Mi compañera de juegos, Cecilia Villegas, todavía niña, recibió un día la noticia de que su padre, el juez, el salvador de mi padre, Jorge Villegas, había sido emboscado por los bandoleros viajando por las carreteras del Tolima, y asesinado con vileza.

A ella dejé de verla sin despedirme, cuando escapamos de Padua. Como en un relámpago, volvimos a encontrarnos en 1967. Por esos días sonaba la canción *En un rincón del alma*, cantada por Miltinho. Fue como una aparición, porque si Cecilia había sido la niña más bella de mi niñez, ahora era una adolescente espléndida, que parecía escapada de una estampa de ninfas del agua. Después nos perdimos casi cuarenta años, y en ese tiempo también perdió, en la avalancha de Armero, a su hijo adolescente. Al encontrarnos de nuevo, lloraba viendo a mi padre y oyéndolo cantar: había perdido al suyo hacía medio siglo, y como ellos fueron tan cercanos, Cecilia veía físicamente la ausencia de su padre y se le partía el corazón.

Después nos llegó la noticia de la muerte de Ana. En Santa Teresa una canción que hablaba de claveles y de huérfanos me azotaba como un látigo, y yo no quería oírla porque me exigía aceptar con resignación que las madres son mortales. Fue entonces cuando oí, no sé si en las conversaciones de los mayores, que Ana pidió en el último momento a mi abuelo que no la pusieran en un féretro, sino que abrieran un nicho en un árbol para guardarla dentro. Debí soñarlo pero, sin decírselo a nadie, me convencí de que a Ana, por única vez en el mundo, le habían concedido el privilegio de ser guardada en un árbol, allá en Guayacanal. Cuando pude volver, todavía me preguntaba en cuál de todos esos árboles estaría Ana, y creo haber soñado también con unos niños que solo se sentían serenos a la sombra de cierto árbol, como si adivinaran que en ese árbol estaba secretamente su madre. Por eso recuerdo la impresión tan fuerte que me causó leer por primera vez en el poema de Aurelio Arturo:

Reyes habían ardido, reinas blancas, blandas,
sepultadas dentro de árboles gemían aún en la espesura.

Sentí una afinidad profunda con el poeta, porque solo los dos sabíamos de esa reina que estaba dentro de un árbol, y que desde allí protegía a sus hijos.

Cuando empezaban la construcción de la carretera, un día pasó por Padua un extraño cortejo. Eran hombres y mujeres, viejos y niños, unos a pie, otros en mulas y una gran matrona llevada en una silla por varios portadores, como si fuera uno de los pasos de una procesión. Les decían turcos, pero eran siriolibaneses y venían huyendo de la guerra. Llegados en un barco a Barranquilla, habían remontado en un vapor el río Magdalena hasta Honda, tomaron el camino de la Moravia y ahora iban hacia las nieblas del páramo, rumbo a la zona cafetera. Ya he contado que Inés, mi tía, se casó con Yesid, el hijo de don Emilio, que tenía una finca grande y hermosa en La Leonera, saliendo de Padua por el camino de los manantiales que remonta hacia Herveo, a la sombra de las vagonetas del cable. Ese día Yesid y Jaime, su hermano mayor, vieron pasar en la niebla aquel cortejo de árabes desterrados. Admiraron la imagen babilónica de la matrona en su silla, pero Jaime sobre todo vio a una niña de trece años, de grandes ojos de gacela, que iba con el cortejo. Intentó cruzar con ella algunas palabras, pero la niña no entendía español, y su rostro se le quedó grabado de un modo extraño.

Don Emilio y sus hijos estaban en el bando peligroso de los once que arriesgaban sus votos contrarios en cada elección, y por ello en las listas que hacía el inspector con los jefes de las cuadrillas. "La policía aplanchaba a los liberales", me dijo Liborio. Así llamaban a la costumbre de los chulavitas de golpear y linchar a las gentes de ese partido, y Jaime estaba en la mira de la policía. Un día que cruzaba la plaza, dos policías se acercaron a pedirle papeles: cuando los mostró lo detuvieron, y lo iban a someter a escarnio público. Ya en esos tiempos Luis Enrique era un gamonal conservador poderoso, y ese día intervino para rescatar a su amigo. "Cuando los policías auxiliares se llevaron a Jaime Tobón, Luis Enrique arrancó en la mula, llegó hasta donde estaban los policías y les quitó el preso. Rastrilló las herraduras contra las piedras y le dijo a Jaime, 'móntese al anca'. Hizo dos disparos al aire y se fue con él".

La semana siguiente pusieron un taco de dinamita en La Leonera. No hubo víctimas pero destrozaron la casa, y también para los Tobón llegó la hora de salir desterrados. Yesid tuvo que irse con don Emilio y doña Rosalina a buscar fortuna en Cali. Jaime se fue a estudiar a Pereira. Años después encontró de nuevo a la niña de ojos de gacela, que ya tenía dieciocho años y hablaba español. Se llamaba Nayibe Kafruni, poco después se casaron, y como el tiempo está lleno de caminos cruzados, su hija mayor, Gloria Elena, fue la madre de Andrea. Inés permaneció en Padua unos días con Estela, la hija menor de los Tobón. Y ahí fue cuando ocurrió el famoso viaje de Inés y Estela a Cali. Ya estaban instalados en un barrio nuevo de la ciudad cuando doña Rosalina vino hasta Padua para viajar con Inés y Estela, que no habían salido de su tierra. Fueron en bus a Manizales y en la estación hermosa tomaron el tren para Cali. "Porque", como decía Yesid, "esto ocurría en tiempos de progreso, cuando Colombia tenía tren, y ahora, para ver algún progreso, hay que mirar al pasado". Inés estaba maravillada con las novedades: el tren, las estaciones, la tierra caliente. Iban muy elegantes con sus maletas de cuero de colores e Inés hasta llevaba en su equipaje los *britches:* soñaba que en Cali iba a poder seguir cabalgando como en el Tolima, pues era la mejor jinete de la región. Pasó su adolescencia recorriendo a caballo las montañas. Y como era tan hábil, les hacía travesuras a las otras, que se asustaban con los caballos.

Más felices estaban cuando llegaron a Pereira, pues era un verano espléndido: uno de esos días en que una luz intensa dibuja en exceso las cosas, cuando todo parece existir más y la vida se llena de promesas. Al llegar a

Cartago ya hacía demasiado calor. Doña Rosalina les pidió que cuidaran las maletas y bajó al andén junto a la carrilera a comprar helados para todas. Sonaba música de Lucho Bermúdez en los parlantes grandes de la estación, y tal vez por la música doña Rosalina no alcanzó a oír el anuncio: lo cierto es que de pronto la locomotora silbó, el tren arrancó y ella no había alcanzado a subir. Inés y Estela estaban tranquilas pensando que la señora venía caminando por los vagones, cuando la vieron allá atrás en el andén, con los helados en la mano, el vestidito azul y la cara de alarma. No sabían qué hacer y empezaron a gritar y a llorar. De repente se vieron solas en un tren desconocido, sin saber hacia dónde. Llegaron a Cali al atardecer, todavía llorando de angustia: no solo habían perdido a doña Rosalina, iban tan confiadas en ella, que ni siquiera conocían la dirección de la casa.

En la estación de Cali temblaban de susto mientras trataban de cuidar las maletas. Contaron su desgracia, alguien les preguntó por la casa a donde se dirigían y ninguna supo responder. "Yo lo único que sé", dijo Inés, "es que en el barrio hay un parque con una piedra grande". "Es como no saber nada", les dijo la primera persona con la que hablaron. Pero la siguiente les dijo con tranquilidad: "Ah, sí. Para llegar al parque de la piedra grande tomen ese bus azul crema". Llorosas alzaron las maletas y tomaron el bus, rogándole al chofer que las dejara en la piedra grande. Y en el parque recomenzó la angustia: era casi de noche, y ahora estaban perdidas en la barriada inmensa. Les preguntaron quiénes eran, a dónde iban, por qué lloraban. "Es que buscamos la casa de un pariente que llegó hace poco", y decían el nombre. "¿Don Emilio, el tolimense? Es allí, a tres cuadras". No podían creerlo pero llegaron, a dar la noticia angustiosa de que la señora Rosalina se había quedado sola en una estación del Valle. Y horas después estaban en la cocina preparando la cena, cuando llegó Rosalina angustiada a dar la noticia de que las muchachas se habían perdido.

26

Una noche de lluvia y relámpagos, antes de que asfaltaran la carretera, un automóvil negro que venía de Manizales pasó a gran velocidad por la calle principal de Padua, y adelante de la curva de la Virgen, ganando ya para Petaqueros, al parecer perdió los frenos, se salió de la vía y se chocó contra un barranco. El conductor muerto quedó tendido sobre el pasto, y el vehículo, con las luces encendidas, montado en el barranco junto al abismo. Liborio, que estaba visitando a Rita, su novia, andaba por Padua esa noche, y supo que el inspector de policía y sus ayudantes bajaron con linternas a reconocer el accidente, ya que por entonces no había llegado la electricidad. El inspector revisó la escena pero no hizo el levantamiento del cadáver, porque llovía mucho y las luces del carro se habían marchitado: prefirió dejarlo todo como estaba para hacer la diligencia legal al amanecer, y se volvió para el pueblo.

Bien entrada la noche, Liborio seguía esperando que escampara para hacer el camino de Guayacanal, que era más de una hora por los atajos embarrados. Entonces Toño López le propuso quedarse en su casa, al lado de la curva justo frente a Los Alpes, el bosque de niebla que había heredado Pedro Pablo. Me dijo que las pulgas eran tantas que no lo dejaron dormir, y que antes del amanecer, mientras seguía lloviendo, salió a la manga y vio a la luz de un relámpago al otro lado de la carretera el carro inclinado, el cadáver tirado en la hierba, y allá lejos la estatua de la Virgen. Toda la noche había llovido sobre el muerto. Seguía allí tendido con los brazos abiertos, y el automóvil estaba a la orilla del desfiladero.

Liborio encendió su linterna, se acercó a mirar la escena, y entonces vio brillar algo como a diez metros del cadáver: era un revólver a medias hundido en el barro. Sin duda mientras el automóvil daba tumbos salieron volando el muerto y el revólver, y el revólver cayó más lejos. "Era un Colt caballo con cacha de nácar", me dijo. Lo recogió, y cuando venía de regreso vio que el hijo mayor de Toño estaba despierto y lo miraba desde la casa. Ya no llovía tan fuerte, de modo que siguió por la carretera de Petaqueros y más tarde bajó por las trochas hasta Guayacanal.

Debía de tener sueño, pero el hallazgo lo mantuvo despierto. Corrió el tambor, sacó las balas, le quitó el barro lentamente, buscó en la máquina Singer de Mamá Regina el aceite y limpió el arma con cuidado. Estaba decidido a quedarse con ella, puesto que el inspector y sus asistentes no la habían descubierto cuando examinaron el sitio. Pero al otro día se puso pensativo. ¿Y si no hubiera sido un accidente sino un crimen? ¿No se estaría involucrando en algo más grave al llevarse el arma? Las balas estaban completas, se dijo, y se tranquilizó pensando que afortunadamente nadie sabía nada.

Unos días después, en el café de Rafael Montoya, el inspector se le acercó y lo llevó medio empujado hasta el orinal. "Necesito el fierro que usted y el hijo de Toño López recogieron, porque me lo están reclamando de Manizales". Liborio comprendió que si el inspector sabía del arma era por el hijo de Toño. "Pues yo no tengo nada, no sé de qué me está hablando". "La familia del muerto", dijo el otro, "está reclamando el arma. Voy a mandar ya dos policías a registrar su finca". "Me alegra", contestó Liborio, "para no irme solo a estas horas por esos caminos". El inspector vio que el asunto no iba a resultar, y le dijo en tono de complicidad: "Véndalo pues, y repartimos". Liborio, por salir del paso y viendo que el inspector ya no hablaba de asuntos legales, le dijo al oído: "La verdad es que ya lo vendí en Manzanares, pero no me lo han pagado".

Desde ese día, cuando se encontraban, el inspector volvía con el tema: "Qué hubo pues hombre, no se olvide del trato que tenemos". "Nada que me pagan", contestaba Liborio, "qué gente tan dura". El asunto se volvió cada vez más incómodo, pero justo cuando le contaron que el otro ya no era inspector, vio que se le acercaba otra vez a hablarle del asunto. "¿Revólver?", le dijo, "no sé de qué me habla. Yo con usted no tengo tratos".

Hacía un mes se lo había ofrecido a mi padre. Luis examinó el revólver y le gustó, pero le respondió con franqueza que no tenía dinero. "Ofrézcame algo, cuñado", dijo Liborio. "En estos tiempos no conviene andar armado: con la misma arma lo matan a uno", dijo Luis, y añadió: "En realidad, yo para qué un revólver". "Para hacerme el favor", le dijo mi tío. "Lo único que puedo ofrecerle es un cerdo que tengo". Estaba en un corral en el patio de atrás, más allá de la estatua de la Virgen que trajo de Manizales cuando acabó de construir la casa. Liborio llevó el cerdo a Guayacanal, allí lo alimentaron por un tiempo, y más tarde se lo vendió a Luis Ángel, el marido de Sara. Toda la vida recordaría que así completó la plata para casarse.

Yo tuve ese revólver en mis manos en algún momento de mi infancia. Abrí por casualidad en la farmacia una gaveta del escritorio, y vi la culata de nácar. Sabía que no debía tocarlo, pero pudo más la curiosidad. Sentí el frío del metal, lo alcé un instante, me sorprendió el peso, lo refundí de nuevo entre los papeles de la gaveta. No me hablaba de las atrocidades de la violencia sino de una película de vaqueros vista en una pared frente al parque. Porque en el pueblo no había electricidad, pero cada cierto tiempo pasaba una camioneta con planta propia, improvisaban un auditorio en la plaza, abrían la bodega y desde allí proyectaban una película en blanco y negro, de modo que las escenas por momentos no se veían en la pared sino en la niebla.

Recuerdo que una vez, en una función de teatro, vi a mi padre sacar ese revólver para dispararle a una mujer que decía ser su esposa. Disparó, vino la policía, le dijeron que estaba arrestado, y él les pidió un minuto para cantar una canción. Era un tango violento donde el hombre que ha matado a su mujer le pide a una vecina casual que se encargue de cuidar a la hija que ha quedado huérfana. Yo estaba consternado, aun sabiendo que la situación era apenas un simulacro, un invento de mi padre para cantar esa canción. Años después, Liborio todavía le hacía bromas en las fiestas recordándole el día en que había cometido un crimen y guitarra en mano se lo había llevado la policía. Solo esa vez mi padre utilizó el revólver, y hasta sospecho que hizo el trato con Liborio solo porque ya tenía la fantasía de cantar aquel tango en una velada teatral.

Quizá también a esa inocencia con las armas le debió Luis su suerte en los tiempos más violentos de esta tierra. Varias veces estuvo a punto de morir y siempre algo misterioso vino a salvarlo. Un día en La India, cerca de Filandia, en el Quindío, donde su madre, mi abuela Elena, estaba enferma, tuvo que ir a caballo al caserío para comprar algo.

Allí lo conocían, en el café le prestaron guitarra y le pidieron con insistencia cantar unas canciones. Un amigo suyo le dijo: "No cante, Luis, no cante". Pero a mi padre le gustaba cantar, y los vecinos seguían pidiendo. "No cante", le repitió el amigo. Cuando le preguntó por qué, el hombre se levantó y se enfrentó al público. "Porque estos hijueputas fingen ser sus amigos pero yo les oí decir que piensan matarlo. Venga, tome el caballo, que lo voy a acompañar". Se fueron en sus caballos los dos, el amigo recorrió un trecho muy largo hasta dejarlo seguro en su casa y después cabalgó de regreso, solo en la oscuridad.

La otra vez estaba en Padua, donde tenía su pequeña farmacia, y al pasar por la plaza un desconocido lo invitó a tomarse un café, un tinto, como decimos en Colombia. Estaban hablando cuando un viejo conocido de mi padre se le acercó afanoso y le dijo: "Luis, lo estoy buscando porque necesito urgentemente que venga a aplicarme la inyección". Mi padre no tenía con él ninguna cita, pero al verlo apurado le dijo al hombre con el que estaba: "Amigo, espéreme un momento, por favor, voy a aplicar una inyección y ya regreso". Salió a la calle y le dijo al otro: "¿Qué pasa?". "Luisito", dijo el amigo, "mire cómo estoy", y le mostró la piel crispada del brazo. "Ese hombre con el que estaba en el café, cada vez que usted volteaba a mirar a otra parte empezaba a sacar un cuchillo, y lo volvía a guardar cuando usted lo miraba. Por eso tuve que inventarme el cuento de la inyección, para que saliera de allí".

Aun en los tiempos más violentos, siempre cumplió su deber de enfermero. A altas horas de la noche venían a llamar a la puerta para que fuera a atender una emergencia en los campos. Me gustaba ver en la oscuridad la llama azul del alcohol con que hervía las jeringas de cristal y las agujas en su caja metálica. Guardaba todo en su pequeño maletín de cuero, salía a la carretera y se alejaba en la noche. A caballo o a pie, nunca negaba un favor por lejos que estuviera el enfermo. Una noche vinieron a buscarlo para atender a alguien en Petaqueros. Terminó los preparativos y se fue solo, por la carretera. Ya llegaba a las curvas de Los Alpes, cuando una sombra se desprendió del barranco y se le acercó. "Don Luis", le dijo, "devuélvase, que lo están esperando para matarlo". Reconoció la voz, era el jefe de los pájaros conservadores. Se había alejado de sus propios hombres para venir a avisarle del peligro, y mi padre nunca supo bien por qué lo hizo.

Sin duda, le había curado alguna herida. Pero hubo tal vez razones más hondas: Juano era el hijo adoptivo de don Alejandro Idárraga, y aunque el buen trato del viejo no consiguió borrar en él las sombras que lo arrastraron a la violencia, tenía esos destellos de humanidad. Liborio, que alguna vez fue su amigo, me dijo que estaba seguro de que no había matado a nadie, pero temía que había mandado matar a muchos. Años después, Juano fue herido en un combate en La Aguadita, lo llevaron a Fresno y, como era costumbre en esos tiempos, en una volqueta del ejército le dieron vueltas al parque exhibiendo su agonía hasta que murió. El ejército quería reforzar su imagen de eficacia contra la violencia. Pero hubo tanta tropa en el entierro que parecía un funeral solemne, con muchos soldados escoltando el cadáver.

27

Por Josefina supe que Carlina era hija de Santiago. La familia, salvo Mamá Rafaela, resolvió no saberlo, y no tocaba el tema, pues los curas convirtieron en seres marginales a los hijos nacidos fuera del matrimonio. Santiago quería evitar que su madre supiera que una de las hermanas Pineda esperaba un hijo suyo, pero pronto se supo que la otra hermana también estaba embarazada, y ambas esperaban hijos del mismo padre. Cuando las dos hermanas dieron a luz casi al tiempo a Carlina y a Flor, Rafaela le reprochó duramente a Santiago lo que había hecho, pero sin vacilar se ocupó de las niñas. Vino después la muerte de Santiago, y muchos solo vieron en todo esto la prisa de un muchacho que parecía presentir que su tiempo era breve. Rafaela quería encargarse de criar a las niñas, y ese amor por las nietas también respondía al hecho de que todos sus hijos fueron varones. Solo una de las madres aceptó el trato, y la abuela tuvo a Carlina siempre a su lado. Las niñas se fueron enterando de que eran hermanas de un modo distinto, hijas del mismo padre, un padre que había muerto casi sin conocerlas.

De todas las nietas que veneraban a Rafaela, Carlina fue la que estuvo más cerca, pero al privilegio de crecer con esa abuela lo atenuó la responsabilidad de una casa de hombres arrogantes y mandones, donde ser mujer suponía incontables deberes. Como los niños, en ese tiempo la gente no fingía para las fotografías, por eso no hay

sonrisas falsas ni gestos vanidosos. Por eso hay más noticias de la realidad en las fotos familiares de antes que en las de ahora, y en una de sus fotos de adolescencia Carlina está zurciendo unas medias. Mantener en orden la ropa de esos hombres tiránicos exigía demasiado almidón y un cuidado extremo con las brasas de las enormes planchas de carbón, pero después las planchas de gasolina cambiaron por otro más grave el peligro de las tareas cotidianas. Los hombres respiraban en los campos el aire más puro del mundo, perfumado de toronjil y anís y yerbabuena, pero las mujeres respiraban todo el día el humo de unas cocinas donde el trabajo no acababa nunca, y al final tenían los pulmones como si hubieran fumado la vida entera. Hay otra fotografía en la que está Carlina en Bogotá en 1948 con la abuela y los tíos, en el viaje que hicieron en avión desde Mariquita. Iban a celebrar con un año de atraso sus quince años, pero pasaron cinco días encerrados en una casa porque habían llegado en vísperas del 9 de abril.

Unos niños tenían los padres que les dio la naturaleza, otros los que les dio el azar y muchos los que les dio la fatalidad. Nada más natural en Mamá Rafaela que adoptar a su nieta. En la casa de mis abuelos, Regina, que no se casó nunca, fue la madrina de Matilde, y no se desprendía de ella. Cuando la madre de Matilde decidió volver al hogar que había abandonado, le dijo a Regina que no podía llevarse la niña. Regina estaba feliz de poder criar a su ahijada, que tenía tres años y quería quedarse. La madre le preguntó a mi abuelo Vicente si estaba de acuerdo. "Si la quiere dejar vamos a estar muy contentos, pero después no vaya a venir por ella de nuevo", le respondió. Mis abuelos se encargaron también de la crianza de los hijos de

Ana. Félix Antonio no soltaba la mano de una hija que tuvo ya mayor. Los hombres dejaban muchos hijos regados por el mundo y a veces encontraban en rostros desconocidos su vivo retrato. Pero si las casas, que tenían aleros grandes para la lluvia, daban siempre posada al peregrino, ¿cómo no iban a tener techo para los hijos de la fortuna o de la suerte, para todo ese amor insumiso y fecundo que nunca mereció bendiciones?

Si las muchachas no se apresuraban a escoger marido, corrían el riesgo de que los mayores escogieran por ellas. Liborio una vez no estuvo de acuerdo con el novio asignado a una de sus sobrinas. Como se enteraba de todo, sabía que ella no estaba enamorada de él, y se atrevió a preguntar en la cocina qué era lo que le habían visto a ese desgraciado, pero lo dijo con otras palabras. Corrió, pero un leño indignado alcanzó a golpearlo en la espalda.

Matilde, por su parte, se casó gustosa con Juan Manjarrés, y es prueba de cuánto llegaron a quererla en Guayacanal que un día en que Juan la maltrató, a Mamá Regina

le faltó poco para azotarlo. Tenía fama de alzado y violento, pero aguantó callado dejando que la abuela lo abrumara de reproches como la madre que tenía lejos. Decían muchas cosas de él, pero yo vi siempre una luz de amistad en sus ojos, y me inspiraba confianza espontánea. Siempre me trató con afecto, pero era impulsivo, y si sobre todo lo recuerdo encerrado, envuelto en un poncho blanco y con la silla recostada a la pared, ha de ser porque lo buscaban. Las coplas de mi tío Carlos mencionaban sus lances peligrosos: aquellos no eran tiempos para que un muchacho valiente, pobre y fuerte pudiera darse el lujo de ser manso.

La vida lo arrastró como un vendaval, la indignación que guardaba encontró dónde desplegarse, y así fue por la tierra de un lado a otro hasta una noche de diciembre en Caicedonia, cuando salió a caballo a buscar las velas para el alumbrado y no regresó. Estaba bebiendo solo en un café cuando llegó la tropa. Al verlo salir atropelladamente los soldados corrieron tras él, le gritaron que se detuviera, y eso convenció a Juan de que lo estaban buscando. Como no se detuvo, le dispararon. Alcanzó desesperado la orilla del río, se arrojó a ciegas, y el verano hizo el resto: la sequía había hecho descender las aguas y la cabeza de Juan se rompió contra las piedras de la orilla. Aunque estaba cansada de maltratos, Matilde lo quería. El compadre que fue a buscarla le dijo que Juan estaba herido, pero por el camino, viendo que ella llevaba una tela rosada sobre los hombros, le recomendó pasar por un sitio donde vendieran ropa negra, y le confesó que iban para el velorio. Al llegar, descubrió que había otra llorándolo. Entonces decidió volver a la casa.

Diez años después Matilde se casaba de nuevo, y es un día que no olvido. Yo había venido de Cali con Miriam

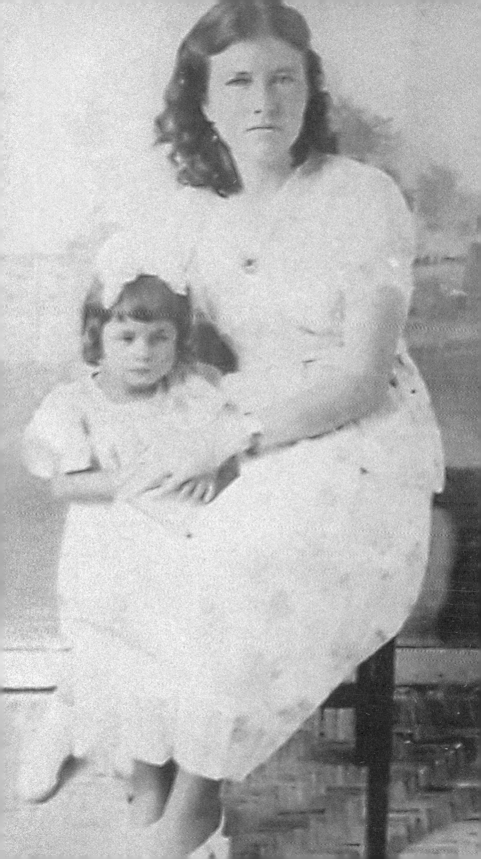

Torres y Mati nos pidió ser sus padrinos. No venía a Padua desde el entierro de mi abuela, pero el pueblo era el mismo, con una niebla tan densa que desde el atrio de la iglesia no se veía el altar. Al salir con los novios, Clemencia nos contó a Nubia y a mí que en una casa cercana, enferma, muy anciana, estaba Misiá Josefina, y fuimos enseguida a buscarla. Si tenía noventa años cuando me narró sus historias, ahora debía de tener casi cien. Recorrimos en la noche la calle borrada por la niebla hasta un caserón solitario, avanzamos por un corredor de madera largo y crujiente, donde la ampolla eléctrica dejaba caer una luz desvalida, y entramos en una habitación lateral.

Me vio aparecer y me miró largo rato en silencio. Pensé que sus ojos viejos y cansados no alcanzaban a reconocerme. Le pregunté si sabía quién era, entonces sus ojos brillaron y me dijo con una voz que nunca olvido: "Cómo no voy a reconocerlo: los mismos gestos de la abuela". Yo habría querido hablar de todo lo que me contaba años atrás, pero no teníamos mucho tiempo. Nos habló de un mensaje importante: el abuelo Vicente se le había aparecido varias veces y le había dicho que no tendría descanso si no se removían de la casa vieja unos baúles donde dejó guardados los billetes de lotería.

Yo sabía que mi abuelo, así como no encontró nunca la guaca que lo iba a hacer rico, tenía una obsesión por la lotería, una obsesión que algunos de sus nietos heredaron, y guardaba los billetes enteros ya inútiles con los que nunca ganó nada, como si le costara desprenderse de las esperanzas que había puesto en ellos. Lo sabía porque años atrás, cuando la casa de Guayacanal fue abandonada, cuando a pesar de haber pagado todas sus cuotas los abogados negaron la validez de los recibos y le remataron la finca, cuando todos tuvieron que salir, los hijos encontraron esos baúles repletos de billetes de lotería y unas libretas viejas donde el abuelo copiaba sus sueños. Según Misiá Josefina, era necesario sacar los billetes y quemarlos para que el abuelo encontrara por fin el reposo.

Entonces supe que quien quería descansar era ella: no se atrevía a morirse sin haber transmitido el mensaje. Le dije que yo iría a la casa y me encargaría de rescatar los baúles y quemar los papeles. Para qué contarle que los baúles no existían hacía tiempo y los billetes habían sido arrojados a la basura años atrás, para qué contarle que ni

siquiera la casa de la que hablaban sus fantasmas existía ya, que del lugar donde ocurrieron tantos hechos grandes de su vida solo quedaban un patio desolado, dos pinos moribundos esperando la última borrasca y un viento sin recuerdos dando vueltas alrededor de los viejos naranjos.

Sentí también que confundía las cosas. Según me contó antes, en una época mi abuelo leía libros de magia, libros prohibidos. Mamá Regina lo delató ante el cura, y el padre Faustino le ordenó expulsarlo de la casa hasta que alzara una hoguera con todos los libros.

Mi pobre abuelo, que buscó en vano el oro, y se pasó los años alimentando a los trabajadores de una mina que no existía, trabajadores que le llevaban del otro lado del río chispitas para mantenerle viva la ilusión ("La mina era él", decía Liborio); mi abuelo, que guardó todos los billetes de lotería comprados a lo largo de su vida y descubrió al final que lo gastado equivalía a cuanto habría podido ganar con la mejor de las suertes, vio quemar esos libros, acaso su riqueza verdadera.

Ya en la ancianidad tuvo un sueño: una voz le dijo que para alcanzar la felicidad debía mirar siempre adelante, cuando adelante ya quedaba solo la muerte. Una vez despertó a las tres de la madrugada y aunque no había niños en la casa oyó unos pasos por el corredor, pasos de un niño muy pequeño que vino hasta su cama y se durmió a su lado. Esto fue días antes de que muriera.

Salí de la habitación de Josefina sintiendo que quizás no volvería a verla. Pensé en Mamá Rafaela, su amiga, muerta un cuarto de siglo antes, muerta antes de yo nacer, y a quien Josefina trajo a mi vida: esa niña venida con ella de su casa en Sonsón ochenta años atrás. Entonces recordé por fin que cuando Mamá Rafaela ya estaba enferma, en los últimos días, una mañana la llamó a su lado y le dijo: "Josefina: ponga un valse". Ella fue hasta el gramófono, escogió entre los discos que mi bisabuela había traído de Medellín el que más le gustaba, y lo hizo sonar.

Rafaela se levantó de su lecho y le dijo: "Bailemos". Las dos bailaron el valse por última vez, recorriendo toda la habitación. Después Mamá Rafaela se tendió de nuevo en su cama, y ya no volvió a levantarse.

28

Una de las cosas que encontraron en el baúl del abuelo fue su billetera, y en ella una foto del padre Faustino en su juventud. El cura mismo se las daba a los que iban pagando los diezmos, y por alguna razón el abuelo la llevaba siempre consigo. Una foto del prelado como era en los tiempos de su poder y de su arrogancia, no como lo vio mi padre la última vez, cuando se cruzó con él por una calle de Ibagué, y era ya un anciano muy encorvado de barba gris y mirada marchita. Le costó reconocerlo, porque nadie había sido más erguido ni más imponente. En Padua recorría la larga calle con su sotana, su bonete de seda negra y su capa, pero en medio del incienso de las ceremonias no le bastaban albas, casullas, cíngulos y estolas, todo el boato que se usaba entonces, con los colores de las temporadas, dorado y verde en los triunfos y morado en las mortificaciones, como no le bastaban los ocho acólitos que iban llevando el palio, los signos, los crucifijos y los incensarios, sino que dos de ellos tenían que ir a lado y lado levantando los bordes del manto.

Vivía condenando la violencia del pueblo, pero él no podía controlar su propia furia. Un día Juano, borracho, se atrevió a instalar una mesa en mitad de la calle y sentarse a beber con Mercedes. Cuando pasaron por allí Liborio y Tominejo los invitó a sentarse con ellos, pero lo hacía para que el cura los viera. Los domingos el padre Faustino fulminaba a los hombres por emborracharse en las cantinas, pero lo que menos podía soportar es que las mujeres bebieran también. Se irritó tanto al verlos que fue hasta donde estaban y volcó la mesa con las botellas. Mercedes corrió y el cura se fue persiguiéndola hacia el matorral. En la iglesia azotaba a las mujeres que iban vestidas de un modo que a él le parecía impúdico y ahora iba a azotarla a la vista de todos. "Así no, padre", le dijo Juano. El cura hizo llamar al inspector y le exigió que la pusieran presa, pero los pájaros se opusieron y la policía vacilaba. Al final aceptaron que la llevaran detenida unas horas, para aplacar la furia, pero el cura fue hasta el atrio de la iglesia y se deshizo en maldiciones. Juano y los pájaros volvieron entonces a la inspección por Mercedes, desfilaron con ella frente al cura, remontaron la cuesta que llevaba a San Judas Tadeo, y al llegar a la loma dispararon al aire.

Eso ocurrió la misma semana en que unos ladrones entraron de noche en la casa de Héctor Villegas y se robaron la máquina de coser. A la mañana siguiente la policía encontró el sitio donde la habían escondido y capturó a los ladrones, porque en las prisas del robo se les había caído el carrete y dejaron el rastro con el hilo.

Mi padre tenía entonces un dueto con Óscar, un muchacho de Herveo que más tarde se haría famoso. Tenía perfil de águila, ojos luminosos, un rostro de galán de cine y una voz poderosa que cautivaba a todo el mundo. Se hicieron una foto de estudio, tal vez en Manizales, en la que estamparon el nombre del dueto, Alma Colombiana, pero no cantaron juntos mucho tiempo. Por una acusación falsa, y por la violencia política que crecía, aquel joven que asistía a veces al padre Faustino, que estudiaba sastrería y que les leía en corrillo a los muchachos las novelas de

Vargas Vila, decidió abandonar el pueblo y se fue como cantante de un circo. Nadie supo de él por varios años, pero cuando lo oyeron nombrar de nuevo Óscar Agudelo ya era famoso cantando tangos y valses, y sus discos se oían por toda Colombia.

A comienzos de siglo había una gran ciudad en Suramérica y era Buenos Aires: allí se mezclaron las músicas campesinas de la pampa y de la cordillera con las músicas de los inmigrantes que llegaban de Italia, de Europa Oriental y de la misma Rusia. Esas milongas y esos tangos con los que la Argentina saludó su expansión se convirtieron en una promesa para el continente: eran los dramas eternos de la pobreza, del amor contrariado, de la soledad, en un nuevo escenario, el de la ciudad que crecía, las barriadas anónimas, los faroles al fondo de las calles violentas, los yuyos de la nostalgia campesina y la promesa dudosa de la prosperidad, los grandes salones de fiesta del centro donde no tenían entrada los muchachos pobres y a donde las muchachas llegaban solo para perderse. Los tangos fueron aquí como un licor exótico: no sabíamos hacerlos pero nos embriagaban, eran lo bastante familiares para afirmarnos a nosotros mismos y lo bastante distintos para ayudarnos a soñar otro mundo.

Óscar tomó esos tangos argentinos, esos valses peruanos y ecuatorianos, tomó canciones a las que aquí nadie les había prestado atención cuando las cantaban Gardel o Charlo.

Tú eres la vida, la vida dulce,
llena de encantos y lucidez,
tú me sostienes y me conduces,
hasta la cumbre de tu altivez.

Tú eres constancia, yo soy paciencia,
tú eres ternura, yo soy piedad,
tú representas la independencia,
yo simbolizo la libertad.

Les puso por cierto alma colombiana, ese fraseo nuestro, que pronuncia con nitidez cada sílaba, y también un dejo de cosa distante que ni siquiera los argentinos les habían dado. Los campos y los pueblos de Colombia se dejaron embrujar por su voz, y sus discos fueron el sonido de fondo de la última edad campesina y de la hora del destierro, cuando la violencia nos arrojó a las ciudades Siempre en el fondo de mis recuerdos está alguna de esas canciones, *China hereje* o *El redentor, Desde que te marchaste* o *La cama vacía*, que según el propio Óscar él grabó menos como un canto que como un cuento. De todas esas canciones hay una que compuso Cadícamo para Charlo, y que yo identificaba, no sé por qué, con este país y con su destino:

Tus ojos se han quedado grabados en los míos,
su dulce brujería volcaron al mirar,
hay luz en tus pupilas de todos los estíos,
luciérnagas que en mi alma las veo parpadear.

Pues ellos van contando las horas venturosas
que pasan a mi lado rimando una canción,
sus párpados abiertos son pétalos de rosa
que ofrecen dos luceros a mi desolación.

Sonaba en un café cuando salimos de Padua la primera vez, y estaba sonando de nuevo cada vez que volvíamos.

¿Gitanos son acaso, por sus destellos, dime?
¿O son los de una mora presa del español?
Hay algo en tu mirada que mata o que redime,
que lloran si es que gimen como encandila el sol.

Parecía enlazar los dramas del presente con los antiguos hechos de la Conquista, de destierros secretos, de moros y españoles arrojados a reinos desconocidos, y la violencia que anidaba en todas partes. A veces sentí que esa canción descifraba incluso las secretas motivaciones de aquellos bandoleros de destinos ínfimos y dolores inmensos que se cebaron con la vida de los otros porque nunca merecieron siquiera una tragedia propia en la cual arder para darle sentido a su vida:

Puñales que en las noches se yerguen iracundos,
buscando al pobre pecho con ansias de clavar,
ensartan corazones, los dejan moribundos,
a espejos donde el alma se asoma a coquetear.

Hay cosas que se hacen en un lugar para que se entiendan en otro. Lenguas que solo pueden ser descifradas en el otro extremo del mundo, por gentes que no comparten su pasado. Yo me digo a veces: "En Buenos Aires no saben que la mejor versión de aquel tango de Cadícamo, *Cuando miran tus ojos*, es esa con la que Óscar Agudelo acompañó la tragedia de los campesinos de Colombia". Y más en secreto susurro también para mí que la mejor versión de *Gota de lluvia*, la canción de Homero Manzi, es la que cantaba mi padre desde niño, en las serenatas interminables de Villahermosa.

Un día Óscar volvió: venía con otro artista, Raúl Angelous, y por halagar a su gente, que no podía creer que este cantor famoso fuera el mismo muchacho que habían conocido de niño, cantó para sus paisanos en el café de Rafael Montoya. Se había vuelto irreal a punta de fama y de ausencia, y fue como si uno de los santos de yeso de la iglesia bajara de su nicho y se pusiera a andar entre la gente.

Rafael había enviado por avión desde Medellín al aeropuerto de Mariquita una Inmaculada de tamaño natural para la iglesia de Padua, y el pueblo entero fue a recibirla en peregrinación hasta la curva de Los Alpes. Trataban a esas efigies como si fueran la divinidad misma, aunque por esos tiempos corrió el rumor de que los políticos no vacilaron en aprovechar una peregrinación de la Virgen para traer un contrabando de armas bajo su manto. Y no puedo olvidar algo que me contó Alvaro Mutis de esos días, pues ocurrió en los propios cielos de Guayacanal, cuando trajeron a Colombia con grandes procesiones a la Virgen de Fátima, y su madre le pidió que, ya que trabajaba con una línea aérea, llevara la Virgen de Fátima a Manizales, donde eran muy devotos.

No solo se encargó de ello, sino que llevó él mismo la imagen en la cabina, porque no se atrevían a enviarla como si fuera carga en la bodega. La aseguró muy bien a su lado en la cabina del DC3 de Lansa, y emprendieron el viaje, pero un rato después el piloto lo llamó para mostrarle frente a ellos, sobre los cañones del Tolima, un muro gris que era una inmensa tempestad. Era preciso decidir entre seguir el rumbo o regresar a la sabana. Mutis sabía que su madre, las autoridades, los curas y una procesión de devotos estaban ya en el aeropuerto de Manizales esperando la efigie milagrosa, y tomó una decisión que no se sabe si fue de extrema piedad o de infinita desesperación: se cubrió la cara con el brazo izquierdo y con la otra mano le propuso al piloto que se metiera en la tempestad. El avión empezó a sacudirse como un pájaro moribundo, y cuando Mutis se volvió a mirarla, la imagen santa era un montón de escombros.

Lograron aterrizar en Manizales, y él solo pudo salir a decirles a su madre y a los dignatarios que esperaban la visita que había ocurrido un horrible accidente. Les pidió que volvieran a la ciudad y que no contaran lo sucedido. Después llamó angustiado a la curia para reportar con alarma la situación, pero ellos lo tranquilizaron diciéndole que por fortuna habían traído varias copias. Algo así no lo habrían creído jamás en esos pueblos de las montañas, donde la estatua era el santo, donde nadie se atrevía a irrespetar las imágenes, donde mi propio abuelo, que creía en la magia, no había sido capaz de deshacerse de la foto del padre Faustino.

29

El 5 de enero de 2019, sábado, volví a Padua para visitar a la única hija sobreviviente de Misiá Josefina. Me dijeron que María, de noventa y seis años, vivía allí con su hija y sus nietos. Cuando por fin logré hablar con Aseneth, la hija, me dijo que llegando a Padua, en lugar de girar por el Crucero hacia Manizales siguiera de frente por la vía de La Picota. Allí estaría ella, en un balcón, esperando. En su rostro tuve la vaga sensación de volver a ver a Josefina. Era locuaz, enérgica, nos recibió con entusiasmo, tenía más historias para contar que su propia abuela. Sabía de caballos, de cultivos, de medicina; era enfermera, propietaria de tierras, negociante de ganado, hábil jinete todavía a los setenta años. Nos pidió que le ayudáramos a vender una hermosa silla de montar nuevecita que tenía en el piso de arriba y que nos mostró con detalle.

Conseguimos que trajera a María del cuarto contiguo. La madre resultó casi tan lozana como la hija, con mirada infantil y sonrisa cordial. "Tienen que hablarle fuerte", dijo Aseneth, "oye muy mal pero está saludable. Hay días en que recuerda todo y otros en que no sabe dónde está". Su madre, nos dijo, en realidad se llamaba Cecilia, pero nadie la reconocía por ese nombre". "Pueden llamarla Maruja, o María". Yo solo tenía una pregunta en los labios: si esta anciana dulce de noventa y seis años era la muchacha que hace ochenta estaba en la habitación con su bebé recién nacido cuando entró Santiago acosado por los machetazos del Indio Alejandrino. Pero antes de yo hacer la pregunta ya estaba Aseneth hablando de la antigua relación de su abuela con los Buitrago, de las muchas cosas que Josefina le había contado, del día en que unos sicarios asesinaron a Santiago, el hijo de Misiá Rafaela.

Maruja, que la escuchaba o que leía sus labios, dijo con dulzura: "Eso ocurrió en la casa nuestra. Santiago llegó ya herido como buscando dónde esconderse, y la sangre nos salpicó tanto que yo pensé que habían matado al niño: estaba bañado en sangre". "No, mamá", dijo Aseneth, "era Gilma, su hermana, la que tenía el bebé". Me sorprendió oírle decir eso, pues la anciana hablaba con toda convicción y añadió: "Pero cuando le lavamos la sangre vimos que ni siquiera estaba herido". Yo quería preguntar, pero Aseneth ya estaba contando las historias de Josefina. "Ella entró en la habitación con un machete oxidado en las manos, y se abalanzó contra el hombre que estaba matando a Santiago. Entonces el asesino volteó a mirarla, ya sangrando, y la hirió dos veces en la cabeza con el machete. Cuando yo la peinaba, le veía las cicatrices".

"Aseneth, su mamá dice que era ella la que estaba en el cuarto". "No", respondió, "era mi tía Gilma, con su hijo Alejandro, recién nacido. Ella se confunde, pero mi abuela me contó estas cosas muchas veces". Maruja quiso saber quién era yo y empezó a preguntar por toda la familia. "Yo me crie con ellos", dijo. "¿Regina vive todavía?". "Mi abuela Regina murió hace muchos años", le dije, "Regina mi tía murió hace unos meses". "¿Y Rafael?, ¿y Luis Enrique?, ¿y Carlos?". "Todos murieron ya", le respondí. "La muerte todo lo acaba", dijo como hablando consigo misma, "la muerte se lo lleva todo". "Pero aquí estamos todavía", le dije. "Todo se lo lleva la muerte", repitió.

Aseneth ya estaba contando que como consecuencia de las heridas que le hizo Josefina, el Indio Alejandrino, que se había escondido en el monte, murió varios días después. Que los policías lo encontraron muerto por la infección de las heridas, y que a Misiá Josefina le pusieron dos medallas en Fresno por su valentía. "Hasta hace poco tuvimos las medallas, pero ahora están perdidas". Nos acompañaba una muchacha hermosa, Mónica, biznieta de Josefina, y me dije que así debía ser el rostro que acompañaba a Rafaela a comienzos de siglo, cuando esta región central del país era de selvas vírgenes, y Guarumo era apenas un alto en el camino de los bueyes, antes de que tendieran el cable aéreo.

"Yo soy como mi abuela, yo soy de armas tomar", estaba diciendo Aseneth. Hablaron de la muerte de Josefina en 1977. "Yo la vi poco antes" les dije, "en un lugar cerca de aquí, a donde se llegaba pasando por la casa de las Villegas". "Es aquí mismo", me dijeron, "cambiamos la construcción de madera porque estaba muy vieja, pero es que se puede llegar por cualquiera de las dos calles, ambas se unen en el arroyo". En el patio enorme había gallinas, gallos, patos, gansos. Aseneth llamaba cisnes a los gansos de cuello más largo, que aquí no abundan. Hablaron de la muerte súbita del marido de Aseneth, de la muerte en un accidente de tránsito de su hijo mayor, caballista como su padre, y de la muerte aparatosa en un mismo día de un caballo y una yegua que se despeñaron arriba del pueblo por la carretera sinuosa y cayeron muchos metros abajo en una de las curvas siguientes. También de una finca por

Guayacanal donde una avalancha en un invierno reciente arrastró completa la casa al abismo. Como una niña, cada cierto tiempo Maruja preguntaba por alguien y repetía: "Se lo lleva todo la muerte".

Un día en los años cincuenta un agente viajero llegó a Sevilla (Valle), y se hospedó en un hotel de paso. Se llamaba Jesús Martínez e iba a vender unas mercancías. Esa misma noche vino la policía y lo capturó: la semana anterior un hombre llamado Jesús Martínez había asesinado al alcalde del pueblo. En vano alegó que la semana anterior estaba lejos de allí. No lo escucharon, no le permitieron defensa, la policía necesitaba dar pruebas de eficiencia en medio de la violencia política, y el agente viajero, que era inocente, no solo fue condenado a treinta años de prisión sino enviado como ejemplo de severidad de la ley a la cárcel más terrible que tuvo Colombia en aquel tiempo, la colonia penal de la isla Gorgona.

Gorgona es un paraíso natural en el océano Pacífico, frente a las costas de Timbiquí, que el gobierno colombiano, inspirado en los peores penales del mundo, había convertido en infierno. Jesús Martínez casi acababa de cumplir su sentencia cuando por un azar difícil de ocultar la policía capturó a un hombre que tenía su mismo nombre, y este confesó ser el responsable del asesinato del alcalde de Sevilla, casi treinta años atrás. Los jueces recordaron entonces que en la isla del tormento había un viejo pagando condena por ese crimen y ordenaron dejarlo en libertad.

Cuando a Jesús Martínez le dijeron que iba a ser libre les suplicó a los guardias que le permitieran permanecer allí, era un preso antiguo y manejaba una tiendita, no sabía ya nada del mundo, no tenía familia, no se sentía capaz de sobrevivir lejos de sus costumbres en las selvas urbanas. Pero no valieron sus súplicas: con el mismo rigor inflexible con que lo encerraron en aquella prisión lo despacharon hacia Colombia, y el hombre terminó vendiendo dulces en un puesto callejero y tratando de aprender a vivir a los setenta años en un país desconocido.

Yo me enteré de esto porque un día, en la sala de espera de algún consultorio, encontré un ejemplar de la revista *Cromos* en que un periodista entrevistó al viejo expresidiario e hizo la crónica de sus dificultades para adaptarse de nuevo a la realidad. El hombre contó de las rutinas en la prisión, del modo como los presos perdían su nombre, remplazado por un número, contó de las torturas, contó de los pocos prisioneros que intentaron escapar del penal, y del único que lo logró aunque apenas por unos días.

Pudo haber sido una de las muchas crónicas que uno lee y olvida sobre los errores de la justicia y las arbitrariedades del poder, pero en algún momento el hombre habló de la gente que había conocido, y vi aparecer en las páginas un nombre inesperado: en Gorgona, Jesús Martínez había conocido al Indio Alejandrino. Que ese nombre hubiera sobrevivido en su memoria al número con que lo identificaban no me sorprendió.

Yo estaba familiarizado con él desde la infancia, y solo sabía lo que siempre se contaba en la casa: que una vez vio a una anciana solitaria lavando ropa a la orilla de un río, se le acercó y le dijo: "¿Qué está haciendo aquí?". Y que ella le respondió en su inocencia: "Aquí rezándole a Dios para que no se me aparezca el Indio Alejandrino". El hombre, según el relato, le dio muerte a la anciana, pero parecía solo parte de la leyenda de su ferocidad porque, si nadie fue testigo, solo el propio asesino podía haberlo divulgado.

Sería un mestizo como tantos otros, hijo de los mismos gamonales blancos que dejaban hijos regados por el mundo, y el énfasis en su condición de indio debía de ser más bien un vestigio de la satanización de los indígenas. En el habla común de mi infancia lo contrario de ser un animal era ser un cristiano: insistir en que alguien era indio era ponerlo fuera del orden humano. Pero es evidente que en ese nombre, el Indio Alejandrino, las dos palabras luchan entre sí.

Yo siempre quise saber más de él: entender aquella ferocidad, aquella leyenda. Saber algo de él me impresionaba tanto como saber del propio Santiago, de Azucena, de Román Villegas o de Julio Gutiérrez, eran trozos de una misma historia, piezas indispensables de un mosaico familiar. Todo se vuelve tan raro que es como si el Indio Alejandrino, ese ser sin rostro, sombrío y brutal, terminara siendo parte de la familia, un fragmento ineludible de nuestra memoria común. Era difícil que dos asesinos tuvieran el mismo nombre, un nombre tan poco común: tenía que ser el mismo. Saber que había terminado en la isla Gorgona parecía una confirmación de su ferocidad y de su carrera criminal, era digno de su leyenda. Por eso me sorprendió tanto el relato de Aseneth: nadie, de todos los que recordaban los hechos, ni mi madre, ni Liborio, supieron nunca de la suerte final del Indio Alejandrino. Y Josefina, que me contó tantas cosas, nunca me habló de ese desenlace. Pero la verdad es que tampoco mencionó las medallas. Todo eso lo guardó para su nieta.

30

Cuando volvimos de Santa Teresa, mi padre empezó a colaborar con el doctor Cañas como enfermero asistente. La violencia seguía desatada y nuevas dificultades llegaron. El doctor Cañas tenía buen pulso como cirujano y no era mal pianista, pero al timón fallaba. Un día volvían de atender a un paciente por la carretera de Fresno cuando perdió el control de la camioneta, que se precipitó hacia el costado derecho de la vía. Mi padre, que era su único acompañante, llevaba el brazo apoyado en el marco de la ventanilla, de modo que cuando el carro colisionó y avanzó rozando la pared pedregosa, su brazo fue atrapado en el golpe y se fue moliendo contra el barranco.

Habían salvado la vida, pero el brazo de mi padre estaba deshecho. Eso es grave en cualquier circunstancia, pero cuando uno tiene como principal pasión tocar la guitarra es casi el fin del mundo. Al llegar a la casa esa noche no solo estaba pálido, con el brazo enyesado y un dolor muy intenso, sino que tenía el alma más quebrantada que el cuerpo: quién sabe cuánto tiempo iba a estar sin tocar la guitarra, quién sabe si podría tocarla de nuevo.

Tenía cuarenta años y era músico desde los diez. Su padre tocaba en un conjunto que tenía guitarras y violines, y les prohibió a él y a todos sus hermanos tocar la guitarra porque no quería que se volvieran parranderos, de modo que todos aprendieron por su cuenta, como si en vez de prohibirlo se los hubiese ordenado. Hay una fotografía en

la que están cuatro hermanos, Luis, Libardo, Eustasio y José, con sus guitarras. Luis, de diez años, y Libardo, de ocho, tuvieron un dueto en Villahermosa. Los subían a una mesa en el café central los sábados por la tarde, y cantaban para los contertulios y los borrachos hasta las diez de la noche. Los clientes pagaban ron para ellos y se divertían viendo a los niños beber como adultos, pero ellos tenían un trato con el cantinero para que les sirviera agua de panela y les guardara el dinero de los rones. Tenían fama de cantar como turpiales. A las diez terminaba el concierto y empezaban las serenatas por el pueblo entero, seguidos de una romería.

Años después, Luis cantaba mientras recogía café en una finca cuando pasó por allí el médico Miguel Navarro, que hacía su año rural. Navarro lo llamó y le preguntó por qué cosechaba en el campo si sabía cantar tan bien. Lo invitó a su casa en el pueblo y él fue con la guitarra y cantó. Entonces el médico le propuso un trato: si le enseñaba a tocar la guitarra, él le enseñaría todo lo que sabía de medicina y de farmacia y lo contrataría como enfermero. Ese encuentro cambió su destino, se hizo farmaceuta, y terminó acompañando al médico Navarro en los Llanos Orientales, donde luchaban contra la malaria. Siempre recordó con horror que en un pueblo del Llano le contaron una vez que habían cazado a un animal, y cuando fue a verlo a la plaza vio a un indio metido en una jaula.

Desde los Llanos volvía a veces a visitar a su familia, y hacía con ellos de nuevo el viaje desde el Tolima hasta Caldas, a pie por las montañas. Saliendo de Villahermosa bajaban el cañón hasta el río Gualí, donde el poeta Fallon vio la Luna, subían la pendiente hasta La Aguadita, descendían al Guarinó y remontaban hasta Aguabonita, la parte de Manzanares que mira al cañón. Era un viaje que los Ospina repetían desde la infancia, para visitar a sus parientes de Caldas, y se hospedaban en las casas de los Buitrago, donde siempre había puesto para el peregrino. En una de esas paradas Luis tocó la guitarra, y mi madre, que tenía doce años, lo oyó cantar.

La sirena se embarcó
en un buque de madera,
como viento le faltó
no pudo llegar a tierra,
y en medio mar se quedó
cantando la petenera.

Pasaron los años, ella nunca pudo olvidar el canto de la sirena, y es a esa sirena a la que le debo yo mi existencia. Un día, cuando él tenía veintiséis años, sus primos Carvajal, que tocaban la guitarra, el tiple, la bandola y el violín en las fiestas de Guarumo, lo invitaron a la casa de Guayacanal, y entonces Ismenia, desde un cuarto, volvió a oír la voz que la había desvelado años atrás. Ella tenía ya quince, y tres años después se casaron. Ahora cumplían diez de casados, huían de un sitio a otro por el país de la violencia, y aunque él seguía alegre como un turpial y creía que la vida iba a seguir así para siempre, de repente se vio con el brazo destrozado en una tierra cada vez más inhóspita.

Tener cuatro hijos y otra hija en camino era en ese momento una fortuna, pues los deberes impiden que uno se deje abrumar por la desesperación, pero el caso era triste. El doctor Cañas se esmeró en aplicarle una inyección contra el dolor, en forrarle el brazo en yeso, y le prometió que en unos meses todo estaría bien. Pero el doctor Cañas no

era un experto traumatólogo ni ortopedista: era un buen médico general, y además los recursos no abundaban. Para agravar las cosas la principal fuente de ingresos estaba en peligro, porque a pesar de su experiencia, los nuevos requisitos del ministerio hacían el trabajo cada vez más difícil. Lo único que no podía darle su maestro era la licencia de farmaceuta, y los recursos que obtenía con las canciones acababan de cesar bruscamente.

Estábamos desayunando un día en Padua cuando llegó mi abuelo Vicente. Venía de Guayacanal, agitado y nervioso: la noche anterior habían disparado contra su casa. "Oí ruidos afuera y salí a ver qué pasaba cuando sonó un disparo. Intentaron matarme, pero la bala se clavó junto a la puerta. Cerré de prisa y me quedé escuchando. No se oyó nada más, y esta mañana con un cuchillo saqué la bala que estaba incrustada en la pared".

Del bolsillo de su saco, bajo la ruana blanca que llevaba siempre, sacó el pequeño plomo redondo y áspero y lo puso sobre la mesa del comedor. Mi padre tomó el plomo con su mano izquierda, porque la derecha, que sobresalía del yeso, estaba morada y ni siquiera podía moverla. Después se lo pasó a mi madre, y cada uno de los presentes fue mirándolo a su turno mientras el abuelo seguía contando en la mesa las cosas que ocurrían en la finca. No hacía tres meses manos desconocidas le habían metido fuego a la enramada en el trapiche de La Unión, donde el abuelo hervía la miel en sus grandes fondos de cobre y hacía la panela que sacaba al mercado de Padua cada domingo. Mamá Regina había tenido que coser largos días un enorme lienzo grueso como la vela de un barco para que el abuelo no trabajara a la intemperie. Ahora disparaban contra él en la oscuridad.

Seguían hablando de todo eso en el comedor cuando mi hermano se acercó a la mesa con gesto de alarma. "Mamá, la bala", dijo. "¿Qué pasó con la bala?", le preguntó mi madre. Él la miró desconcertado: "Me la tragué". Nadie sabía qué hacer: mi padre quería consultar al doctor Cañas pero para eso era preciso llamar por teléfono a Fresno, y el único aparato del pueblo estaba en la central telefónica, arriba, junto a la policía. En la cocina, Misiá Josefina dio con la solución. Cocinaron papas en abundancia; el niño nunca se había visto en la obligación de comer tantas, pero al cabo de horas el remedio había funcionado.

La violencia seguía. En los pueblos cercanos los hombres se iban en la noche a hacer rondas armadas y las mujeres se quedaban a merced del miedo. Cenaida, la esposa de mi tío Eustasio, me contó que una vez, después de medianoche, con todos sus hijos dormidos, oyó cómo por la cuesta junto a la casa bajaban uno tras otro corriendo sigilosamente los bandoleros, llegaban hasta la pared de la casa y allí permanecían. Cada cierto tiempo llegaba uno más, hasta que sintió con espanto que estaban rodeados. Ya en la mañana, no oyendo más ruidos se asomó por la ventana, y comprendió que eran las naranjas que caían del árbol y bajaban dando tumbos por la cuesta hasta el pie de la casa. El clima de tensión lo agravaba todo, pero las malas noticias abundaban. Y ahora mi padre no tenía cómo vivir en esos pueblos donde siempre lo salvaron la farmacia y la música.

Un amigo suyo de Cali, don Marcos Yasnó, un caballero sonriente y bondadoso que tenía un negocio de partes para vehículos, le ofreció entrar en compañía con el capital que tuviera, y mi padre empezó a acariciar la idea de probar suerte en una ciudad. Tenía otros amigos en Cali, don Francisco Rodríguez, comisionista en la plaza de Caycedo, y músicos que conoció en sus viajes. Vendió lo único que tenía, la casa que pudo construir con su sueldo como enfermero de la empresa que trazaba la carretera, y se fue adelante, a preparar la llegada. Para mí era mejor aún como cantante que como guitarrista, pero el arte no daba para sobrevivir, aunque de tantas maneras vivíamos de él.

Nadie recuerda aquel viaje mejor que Ludivia. Tenía diez años y siguió atenta el curso de la carretera desde las curvas brumosas subiendo al páramo de Letras, las calles arriesgadas de Manizales, la zona cafetera llena de guaduales, de plátanos, de árboles corpulentos y de carboneros que parecen volar sobre los precipicios. Y nada disfrutó tanto como el Valle del Cauca, que nunca habíamos visto, las llanuras con ceibas y samanes enormes, los campos infinitos de caña de azúcar, el incendio del atardecer, la honda ciudad luminosa en la noche, con avisos de neón de colores en las calles y las azoteas.

El camioncito debió tardar muchas horas atravesando un buen trecho del país, la cordillera Central, tres departamentos, numerosos ríos, desde casi cuatro mil metros del páramo hasta los mil metros de altura de las barriadas de Cali. Si era un hecho feliz dejar atrás la violencia, la principal causa del viaje, era triste dejar a los abuelos en las montañas, los amigos de la escuela, los paisajes. Solo mi madre estaba radiante. Cali era mejor que las ciudades donde antes estuvo: allí vivía su hermana Inés, allí había paz, no pasaría las noches desvelada, preguntándose a qué hora traerían noticias terribles de su marido, que cuando no estaba atendiendo pacientes en el campo de noche andaba de fiesta con sus amigos, sin cuidarse de todos los peligros que llenaban el mundo.

Estaba feliz en el fondo de su alma, pero no podía disfrutarlo porque tenía seis meses de embarazo y el viaje no era confortable: ella, Luis y la niña en el puesto delantero del camión, y tres hijos atrás, en la bodega, sobre el trasteo. A cada instante asomaba para asegurarse de que los dos muchachos estuvieran tranquilos sin hacer movimientos peligrosos, y volvía a decirle a mi hermana que nos vigilara. Algo más traíamos en el camión cargado de muebles pobres: la jaula con las gallinas que serían su alimento después del parto. Se las había regalado mi abuela, y era necesario traerlas: no teníamos certeza de si, llegada la hora, en la ciudad podrían conseguirse. Vio a los niños dormidos y a su hija absorta ante el cielo radiante de la llanura, y por fin pudo darse el lujo de dormir, mientras Luis, con el brazo enyesado, canturreaba alguna canción para Patricia, que estaba en el vientre, y buscaba entre los paisajes cambiantes el rostro del futuro.

Un mes más tarde, ya en Cali, se deshizo del yeso y comprobó lo que temía: el brazo estaba rígido e inútil. Le recomendaron un sobandero de Puerto Tejada. El mulato viejo de manos grandes, cuyo nombre yo supe alguna vez y ahora he perdido, le dijo con franqueza que si quería recuperar el movimiento debía soportar que él le desbaratara el brazo de nuevo y se lo compusiera hueso por hueso. "Va a doler mucho", le advirtió, pero mi padre veía tan perdidas sus esperanzas que cerró los ojos y le dijo que procediera. Al primer sacudón sintió que todo crujía por dentro y sus ojos se llenaron de lágrimas. Fueron largas jornadas dolorosas, hechas de esperanza y de desesperación, pero al cabo de tres meses ya estaba tocando la guitarra de nuevo, y no dejó de hacerlo hasta que le llegaron los noventa años.

31

Recorrimos de noche toda la carretera desde el río hasta la cresta de la montaña. Para que Mario y Andrea, porque los niños ya dormían, vieran la tierra que íbamos cruzando, traté de iluminar con relámpagos de memoria la casa de Josefina, la de Jesús María que hoy es de su hijo Lázaro, la casa de mis abuelos en Los Pinos, la casa de Mamá Rafaela en el alto, la única que queda en pie, la casa de la curva donde estuvo la fonda de Luis Enrique y donde Mamá Rafaela murió con décadas de humo en los pulmones, y más arriba el sitio donde estuvo la casa de Azucena, antes de llegar a Puerto Nuevo.

Ya en Petaqueros le pedí a Mario que no cruzara la cordillera por el páramo de Letras, pues sus médicos se lo habían prohibido. "Les sugiero ir hasta Ibagué y volver a Cali por La Línea. Está quinientos metros más abajo". Pero Mario quería volver por Letras. "Es peligroso", le dije, y él me dio una de sus típicas muestras de recuperación: "No quiero morir en un sitio que tenga otro nombre". Así nos separamos: yo viajé con Andrea, Óscar y los niños hacia nuestra casa de Mariquita, y Mario con Darío, Freddy Buitrago y Hernando Salazar se perdieron por la niebla rumbo al páramo. Al día siguiente me llamaron de Manizales: Mario había sobrevivido a los 3.700 metros del páramo de Letras y a la niebla de Cerro Bravo.

Días después en Bogotá les conté a Jorge y a Margarita, su esposa, que estaba narrando los recuerdos de

Guayacanal, y vimos las fotografías. Les pedí ayudarme a identificar algunos personajes, y miramos de nuevo el entierro de Santiago. El rostro más misterioso para mí, por alguna razón que no conseguía explicar, era el de esa muchacha de unos veinte años que aparece a la derecha, con el grupo de niños que miran de lejos la tumba, esa figura alta detrás de mi madre, como un ángel. Era Regina, pero solo Carlina supo reconocerla: habían estado juntas mucho tiempo. Después lo comprobé viendo la única fotografía de Liborio en su infancia, en la que está con Regina y Clemencia, y sentí la extrañeza de que esos tres hermanos que aparecen en una imagen de 1937 eran los únicos que quedaban vivos cuando empecé a contar esta historia.

Le pregunté a Jorge si recordaba el último viaje que hicimos en la infancia a Guayacanal. Sonrió, porque fue nuestra gran aventura y él fue el principal responsable. Una tarde de 1961, cuando yo tenía siete y él ocho, los padres viajaron a Fresno y nos dejaron en Padua con Paulina, encargada de cuidar a Nubia, que tenía tres años.

En la mañana, Clemencia se había ido con mi hermana mayor para la finca de los abuelos. Tal vez estábamos tristes de que no nos hubieran llevado, tal vez nos pareció que todo el mundo estaba de viaje menos nosotros. Después de jugar mucho rato en el patio, Jorge se me acercó y me propuso irnos a pie hasta Guayacanal. "Es muy lejos", le dije. "Pero yo sé llegar", me respondió con firmeza, "conozco los caminos". Regina lo había llevado alguna vez, pues él no se le desprendía, y ella por esos días le regaló un caballo con uno de sus cascos torcido, que no se podía cabalgar pero fue nuestro orgullo por mucho tiempo.

Yo no sabía si era verdad que él conocía la ruta, pero no había tentación más grande para mí que ir a la tierra de los abuelos, me llenaba el alma pensarlo, y en aquel momento no teníamos nadie que lo impidiera. Fue fácil convencerme. Salimos de la casa sin decir nada, corrimos calle abajo, ante el portal del cementerio, ante la escuela, pasamos las casas de Arenales y pronto el pueblo quedó atrás. No puedo describir el grado físico de mi felicidad cuando vi que ya estábamos en el campo, mi sensación de libertad al llegar a la curva donde se alza la imagen de la Virgen, que yo veía inmensa. Y si la Virgen era enorme, los abismos que se abren a su espalda eran más tremendos aún. La tarde soleada, el verano, que era un camino abierto, todo alentaba el viaje. Años después encontré esa sensación de plenitud en los versos de Whitman:

Soy joven, soy libre, el mundo se extiende ante mí

pero aquel día era un hecho embriagador anterior a todo pensamiento.

Dejamos atrás la curva donde después Liborio nos contaría que ocurrió el accidente y él encontró el revólver. Dejamos atrás el recodo donde una sombra en la noche le aconsejó a mi padre devolverse. No entramos en las tiendas de Petaqueros, porque si alguien nos reconocía nos llevarían al pueblo de regreso. Serían las cinco cuando empezamos a bajar por las trochas, ya que la carretera llena de curvas nos tomaría más tiempo. Resbalando por las pendientes, los zapatos se embarraban, la ropa se iba manchando con la hierba y el fango, nada de eso parecía inquietarnos.

En la escuela rural, Numa, otra prima de mi madre, les cantaba a los niños en el patio. Todo lo vimos escondidos detrás de los árboles. Pero más tarde la luz se fue apagando.

Hay un instante en que la alegría abandona el cielo y algo triste empieza a sonar en la hierba. Entonces dudé. ¿Y si Jorge no conocía bien el camino? ¿No nos estaríamos perdiendo por la montaña? Me aseguró que todo estaba bien, recuperé la confianza, seguimos corriendo y saltando por los barrancos. Tuve la sensación de que habían pasado muchas horas, pero apenas caía la noche.

Con la noche fue cayendo la niebla, y las casas que arriba y abajo aparecían de pronto, iluminadas débilmente con lámparas, no eran todavía la casa. Jorge no flaqueaba. Estaba seguro del camino. Todo iba bien. Yo tenía que confiar. Aquello no era solo un viaje: un clima, una relación para el resto de la vida estaba naciendo. Descendíamos por las lomas, las hierbas, los barrancos, haciendo el camino contrario al que subieron los que portaban a Santiago herido, pero faltaban años para que Josefina me contara la historia. Habría sentido más miedo si supiera que era un camino de fantasmas. A veces volvía a verse la carretera, pero cada vez estaba más oscuro. Jorge se detenía a dudar, después arrancaba con nuevos ímpetus y yo lo seguía, feliz. Por suerte no hubo nadie para decirnos que estábamos llegando al alto de Guacas, donde de verdad asustaban, ese era el verbo que se usaba entonces. Orillamos la casa que fue de Mamá Rafaela, donde según Margarita Cifuentes un muerto volvía en la oscuridad a jugar balero por los corredores. Ya era noche cerrada cuando Jorge me miró triunfalmente y señaló las luces de la casa detrás de los naranjos.

Cruzando el patio apareció mi abuelo Vicente, con cara de sorpresa. Estaban felices de vernos, detrás de él venía la abuela, allá estaban Regina y Clemencia y mi hermana Ludi. "¿Y dónde vienen sus padres?", dijo él alegremente.

"Venimos solos", dije yo con orgullo, "ellos están en Fresno". Entonces la alegría se convirtió en consternación. "¿Solos desde el pueblo?", dijo mi abuelo con un sobresalto. "¿Y ellos no saben que vinieron?". Todos se asustaron, y tenían razón en asustarse. Esas no eran ya las montañas confiadas de Mamá Rafaela, cuando las mujeres bajaban a medianoche con sus faroles y cantando. Ahora detrás de cada árbol había un miedo escondido. Hubo confusión en la finca, no sabían qué hacer, había que conseguir un transporte, llevarnos al pueblo enseguida. No querían imaginar lo que estarían sintiendo nuestros padres.

En Padua la situación era peor. Cuando ellos volvieron al atardecer y preguntaron por nosotros, Paulina, que seguía cuidando a la niña, solo supo responder que un rato antes estábamos jugando en el patio. Creyeron que estaríamos en el vecindario, pero en la casa de Jorge Villegas no nos habían visto, y al frente, en la casa de Sara, no sabían de nosotros. Empezaron a recorrer el pueblo buscándonos cada vez más alarmados, y todo en vano. A la hora en que llegábamos a la finca de los abuelos ya estaba alerta el pueblo entero y no había rastro de los niños perdidos. Aún no llegaba la electricidad: el día podía ser inmenso y soleado, pero la noche estaba cerrada de sombra y de niebla. En cualquier tiempo la alarma sería grande, pero en aquellos años, en Colombia, en el Tolima, podían pensar lo peor. Eran pasadas las nueve cuando llegamos a la casa con los abuelos, y después de horas de angustia mi padre no pudo impedirse descargar en nosotros su cólera. El miedo estaba instalado en las almas.

Nadie podía saberlo en ese momento, pero fue así como Jorge y yo nos despedimos de Guayacanal. Solos, libres, confiados, ante los grandes cañones, recorrimos la tierra que fue la vida de nuestros abuelos. La recorrimos paso a paso, en una extraña tarde de libertad, y sé que de esa tarde están hechas muchas de las formas de mis sueños. Tal vez es eso lo que esperaba encontrar Liborio cuando aceptó morir.

Después nos fuimos muy lejos, y las sirenas nocturnas de la ciudad nos dijeron que no habíamos ganado un cielo, pero que ya, definitivamente, habíamos perdido un mundo.

Este libro es una novela. Todo lo que se cuenta en él, si fue verdad alguna vez, ahora es un sueño, y todos cuantos habitamos en él seremos sueños.

William Ospina (Padua, Tolima, 1954) es uno de los escritores colombianos más importantes de la literatura contemporánea. En el año 2017, en el sello editorial Lumen se publicó su *Poesía reunida*. Es autor de varios libros de ensayo, entre los que se destacan *Es tarde para el hombre* (1994), *¿Dónde está la franja amarilla?* (1996), *Los nuevos centros de la esfera* (Premio de Ensayo Ezequiel Martínez Estrada de Casa de las Américas, La Habana, 2003), *América Mestiza* (2004), *En busca de Bolívar* (2010), *Pa que se acabe la vaina* (2013), *El dibujo secreto de América Latina* (2014) y *El taller, el templo y el hogar* (2018), y de las novelas *Ursúa* (2005), *El País de la Canela* (2008, Premio Rómulo Gallegos 2009), *La serpiente sin ojos* (2012) y *El año del verano que nunca llegó* (2015).

megustaleer

Esperamos que
hayas disfrutado de
la lectura de este libro
y nos gustaría poder
sugerirte nuevas lecturas
de nuestro catálogo.

Si quieres formar parte de nuestra
comunidad, regístrate en
www.megustaleer.club y recibirás
recomendaciones de lecturas
personalizadas.

Te esperamos.